Inhalt

Vorwort

Wer den Namen S. Sagenroth von der A.-S.-Tory-Reihe kennt, wird zuerst stutzen und sich fragen, ob denn Sid im Auftrag Mr. Torys eine neue Geschichte aufgeschrieben hat. Das möchte ich sofort aufklären: Nein, es ist eine ganz andere Geschichte, nur Sids Namen verwende ich weiter als Autorenpseudonym. Ich habe mich einfach zu sehr daran gewöhnt. Um jedoch allen Leser:innen, die Sid und Chiara vermissen, einen kleinen Gruß zu schicken, habe ich mir einen winzigen Gastauftritt der beiden in diesem Buch erlaubt. Wo und wann, verrate ich nicht.

Ansonsten werde ich mit diesem Roadtrip die ernsten Pfade mal verlassen und ungeachtet von Raum und Zeit unvernünftig und gewiss etwas verrückt meine vier neuen Protagonisten auf ganz andere Weise on the road schicken.

Ich wünsche allen alten und neuen Leser:innen ein kurzweiliges Lesevergnügen.

»Na los! Hol dir einen Topf Farbe und mal dir das Leben bunt. Sei frech und frei und tue alle diese Dinge, von denen du meinst, dass sie nicht gingen, die du aber tun möchtest, bevor es zu spät dafür ist. Widersetze dich Zeit und Raum und lass es geschehen.«

»Und du denkst, das geht so einfach?«

»Ja, es geht, sobald du loslässt, sobald du sagst: Egal, was daraus wird. Ich habe meinen Spaß. Und den hast du, in dem Moment, da du nicht mehr nach dem Warum und Wofür und was wird daraus, fragen wirst.«

»Okay, dann …?«

»Ja, ich meine: Do it! Mach es einfach!«

Sagenroth auf Spotify

Soundtrack

These Boots – Leningrad Cowboys

Les Jours Tristes – Yann Tiersen

La Vie En Rose – Zaz

Born To Be Wild – Steppenwolf

Ballad Du Paris – François Parisi

Paris 1900 – Maurice Chevalier

French CanCan Theme – Sinfonietta Orchestra, Olivier Hiecho

Let's Do It, Let's Fall In Love – Lee Wiley

Shanghai Shuffle – Sam Wooding

Die Moritat Von Mackie Messer – Bertolt Brecht

Reason Or Rhyme – Brian Ferry

Mir Ist So Nach Dir – Mischa Spoliansky

Long Time Gone – Crosby Stills & Nash

Freedom – Richie Havens

Soul Sacrifice – Santana

See Me, Feel Me – The Who

Somebody To Love – Jefferson Airplane

Star Spangled Banner – Jimi Hendrix

Sympathy For The Devil – The Rolling Stones

Route 66 – The Rolling Stones

The Heat Is On – Glenn Frey

Purple Rain – Prince

Time – Pink Floyd

1. Luisa

Ein aufgeregtes Maunzen weckte sie. Luisa gähnte, warf die Bettdecke zurück, angelte mit geschlossenen Augen nach ihren Hausschuhen und trat im nächsten Moment in etwas Warmes, Weiches, Pelziges. Sie zuckte zurück und stieß sich den Kopf an der Bettkante. In ihrem Pantoffel steckte Kater Chomskys Neujahrsgeschenk: ein toter Siebenschläfer. Neun Uhr. Der Radiowecker gab ein leises Klickgeräusch von sich und spielte dann *These Boots*.

So fing also dieses Jahr an. Und es bleibt die Frage, ob es nicht klüger gewesen wäre, den Jahresbeginn zu verschlafen. Aber vielleicht hätte dann Luisa die besten und verrücktesten Tage ihres Lebens verpasst?

Nachdem an diesem ersten Januarmorgen das arme, aus dem Winterschlaf gerissene Nagetier würdig in einem Katzenfutterkarton hinter dem Haus vergraben war, gab Luisa dem stolzen Chomsky die verdiente Belohnung für die morgendliche Überraschung. Danach legte sie sich erschöpft wieder ins Bett. Denn sie hatte in der Silvesternacht kaum ein Auge zugetan. Daher war es nicht weiter verwunderlich, dass sie bald darauf wieder einschlief.

An dieser Stelle, die noch die ruhigste und friedlichste in diesem Jahr war, ist es Zeit und Gelegenheit, unsere Hauptprotagonistin näher vorzustellen: Luisa – klein, meistens etwas verzottelt und total verpeilt. Erst oder schon fünfundzwanzigjährig – das hing davon ab, von welchem Blickwinkel man es betrachtete. Sie hielt sich mit einem Job nach dem anderen über Wasser, ohne bislang ihre richtige Berufung gefunden zu haben. Ihre letzte Tätigkeit war eine Sekretärinnenstelle in einer Zeitarbeitsfirma gewesen. Eigentlich gar nicht übel, wäre ihr nicht die Cola über die Tastatur gekippt, die damit einen Stromausfall nicht nur in der ganzen Firma, sondern auch in dem kleinen Vorort ausgelöst hatte. Sie war sicherlich genau das Gegenteil von dem, was man als erfolgreich bezeichnen konnte, mit einer entsetzlichen Schusseligkeit geschlagen, die sie selbst schon manchmal an den Rand der Verzweiflung brachte. Sie gehörte zu den Menschen, deren Marmeladenbrot nicht nur unter Garantie auf die Marmeladenseite fiel, sondern so, dass sie auch noch darauf ausrutschte. Ihre Mutter und ihre Schwester schüttelten daher oftmals den Kopf: »Nicht zu fassen! Du bist einfach Miss Murphy!« – eine Anspielung auf Murphys Gesetz. Luisa war nach ein paar nicht nennenswerten Beziehungsversuchen solo und wohnte schon seit mehreren Jahren nicht mehr zu Hause bei ihren Eltern, sondern in einer Wohngemeinschaft, die irgendwie schon zu ihr passte.

Da war Hanna, eine eifrige Jurastudentin; mit ihrer dicken Hornbrille hatte sie etwas leicht Eulenhaftes und steckte damit auch permanent in ihren Gesetzestexten. Daraus folgerte Luisa, dass es ein sehr anstrengendes Studium sein musste, mit dem man sich schnell die Augen verdarb.

Charleen, die im ungefähr zwanzigsten Semester Kryptologie studierte, und weder zu ihrem Namen, noch so richtig zu diesem Fach zu passen schien, der Nahrungsaufnahme vermutlich auch mehr Zeit widmete als ihrem Studium, die meiste Zeit mit zugezogenen Vorhängen verbrachte und damit dann doch irgendwie kryptisch war. »Charleen, irgendwann wirst du noch depressiv in dieser Dunkelheit!« Luisa sprach nicht selten diese Sorge aus. »Ach was! Es hilft mir bei der Konzentration.« Doch Charleens Blick, den man nicht wirklich als fröhlich bezeichnen konnte, ließ bei Luisa jedes Mal berechtigte Zweifel aufkommen.

Und dann gab es noch Wolfi, den einzigen Mann in der WG, Barkeeper in der gegenüberliegenden Kneipe. Eigentlich Wolfram, das »i« am Ende hatte schon so seine Bedeutung, denn er war der Kleinste von ihnen und außer an den Tagen, an denen er etwas schräg drauf war, definitiv keine Bedrohung für die Frauen-WG. Sieht man mal von einem harmlosen, wenngleich etwas peinlichen

Intermezzo mit Luisa ab; eine Folge einer mal wieder gescheiterten Beziehung und zu hohen Alkoholkonsums. Wolfi hatte nicht nur ein Herz für Luisa, sondern auch eine besondere Zuneigung für den Kater Chomsky. Und auch der fand Wolfi als Dosenöffner recht akzeptabel. Wenn Luisa mal ein paar Tage außer Haus weilte, was freilich eher selten vorkam, hütete Wolfi die Fellnase immer zuverlässig. »Du hast den besten Kater der Welt!«, meinte Wolfi zuweilen. Freilich wurde er auch seltener mit toten Siebenschläfern geweckt.

Alles in allem ließ hier jeder jeden gewähren, lebte seinen bescheidenen Alltag, traf sich ab und an in der kleinen gemeinsamen Küche oder ungewollt im Bad, für das es bereits lange keinen Schlüssel mehr gab. Nur ein Blechschild »Besetzt.« Das man schon einmal übersah.

Das Haus war eines der wenigen noch nicht sanierten alten Fachwerkhäuser mitten in der Altstadt. Die Miete der kleinen Räume blieb für alle vier noch so weit erschwinglich, und war trotzdem für den Vermieter, der im Erdgeschoss seinen Tabakladen hatte, eine einträgliche Sache. Insbesondere, wenn man sich die möblierten Räume der Bewohner anschaute. Luisas Zimmer bestand gerade mal aus einem Bett, einem Tisch, drei Stühlen, einem antiken Kleiderschrank, einem aus Backsteinen und einfachen Brettern zusammengebauten Bücherregal und

Chomskys Katzenklo, das heimelig unter dem riesigen Benjaminibaum stand, der aber in der letzten Zeit auf verdächtige Weise Blätter verlor, da der Kater die Pflanze des Öfteren mit dem Katzenklo verwechselte.

Man konnte auch ohne Probleme kleinere Gegenstände durch das Zimmer rollen und rutschen lassen, die dann alle in einer Ecke landeten, da der Boden wie auch alle Wände leicht schief waren. Luisa dachte immer, dass es wohl so ähnlich wie auf hoher See war. Im Grunde konnte sie sich also eine Schiffsfahrt sparen. Da Luisa nie so wirklich viel Besuch erhielt, fand sie ihr Zuhause aber völlig ausreichend.

Das Leben wäre für Luisa so weiter gegangen, hätte es nicht kurze Zeit später geklopft. Seufzend erhob sie sich, schleppte sich zu ihrer Tür und öffnete sie. »Telefon für dich!« Charleen drückte ihr das Gemeinschaftstelefon in die Hand. Und widmete sich kurz darauf wieder der Herdplatte, auf der irgendetwas köchelte. Wolfi schlurfte vorbei und verschwand mit einem »Frohes Neues« in seinem Zimmer.

»Oma ist abgehauen!« Die Stimme ihrer Schwester dröhnte durch den Hörer. Luisa setzte sich wieder auf das Bett, während Merle ohne Punkt und Komma weitersprach. Luisa gelang es kaum ein paar »Nee, oder?« und »Kann nicht sein« und »Ojes« einzuflechten. Immer noch überfordert von diesem unbequemen Jahresbeginn, konnte sie zumindest die Hauptaussage Merles verstehen. »Du musst sie suchen!«

2. Oma

Luisa ließ sich auf ihr Bett fallen, auf dem Kater Chomsky seelenruhig schlief, und starrte an die Decke. Chomsky hatte diesen Tag bereits erfolgreich begonnen und konnte sich nun die nächsten Stunden ausruhen. Im Gegenteil zu ihr.

Sie erinnerte sich: Ihre Oma wurde vor einem halben Jahr ins Pflegeheim St. Johanna eingewiesen. Nachdem sie »nicht mehr imstande war, ihren eigenen Haushalt allein zu führen und für sich und andere eine Gefahr darstellte« – so der Gutachter damals.

Luisa liebte ihre Großmutter. Während ihre Eltern ein vorbildlich geordnetes Leben führten, darauf bedacht, dass auch die Töchter dem gerecht wurden – dazu gehörten Klavierunterricht, Ballett, Gymnasium, natürlich auch ein Studium oder wenigstens doch eine anständige Ausbildung – war da die Mutter ihrer Mutter, Oma Elsa, anders gestrickt. Nie so, wie man sich das bei einer Oma vorstellte. Wenn sie mal auf die beiden Mädchen aufpassen sollte, machte sie das immer auf ihre sehr eigene Weise: Sie meldete ihre Enkelinnen in der Schule krank, um spontane Ausflüge zu machen, veranstaltete Videofilmtage, die nicht immer altersgerecht, wohl aber sehr spannend für die heranwachsenden Mädchen waren, oder aber sie entschloss sich, weihnachtliche Zimtsterne zu backen – in tropischen Sommernächten. Besonderen Ärger mit Luisas Eltern gab es, als sie eine spontane Punschparty mit ein paar Leuten von der Straße veranstaltete. Beide Mädchen kehrten davon sichtlich angeheitert nach Hause zurück. Wirklich großartig konnte Oma erzählen. Sie las keine Märchen vor und wenn, veränderte sie diese immer auf kuriose Weise. Nein. Meist erfand sie neue, fantastische Geschichten. Eine, die Luisa besonders mochte, und die Oma immer wieder in Variationen erzählte, war die der vier erfolglosen Antihelden, die auszogen, um das Glück zu suchen und sich und die Welt zu retten. Luisa fragte sie dann immer: »Meinst du, das geht?«

Oma legte dann den Kopf schräg und sagte: »Ich weiß es nicht. Aber es ist ein schöner Gedanke.« Omas Faible für die Schwachen und vom Pech Verfolgten, war Luisa schon früh aufgefallen. Sehr wahrscheinlich verstanden Oma und sie sich deswegen so gut.

Oma war schon immer anders, handelte anders und dachte anders als die anderen. Dabei besaß sie ein großes Herz für die Menschen und die Menschheit im allgemeinen.

Besonders schwärmte sie für Frankreich. Französisches Essen, französische Filme und Schauspieler, französische Maler, Dichter und Denker. Manchmal schaute sie Luisa an: »Dort würdest du prima hinpassen. Ich stelle mir dich immer als kleine intellektuelle Französin vor, in diesen Künstlercafés mit den tollen Korbsesseln sitzend und Pastis trinkend oder als Muse bei einem der französischen Impressionisten.« Luisa war zwar noch nie in Paris gewesen und hatte auch noch nie Pastis getrunken, auch wusste sie nicht genau, welche Maler Oma nun meinte, aber es klang ganz gut. Oma Elsa fand ebenfalls die Hippiezeit großartig und bedauerte es, dass sie zu der Zeit bereits für Mann und Tochter mehr schlecht als recht den Haushalt schmeißen musste, anstatt es so richtig miterlebt zu haben. Im Herzen war Oma für Luisa aber ein wahrer Hippie, eine Frau eben, die auf Konventionen pfiff und deren Liebe für sehr viele reichte. Ohne dabei nach dem Warum und Wofür zu fragen.

Oma Elsa interessierte sich auch sehr für die Geschichte. In dieser Beziehung war sie überhaupt nicht unvernünftig, sondern sehr realistisch. »Nein, den Verlauf der Geschichte verändern können wir wohl nicht mehr«, erklärte sie immer nachdenklich. »Aber: Da kann man sagen, was man will, vieles, aber längst nicht alles, war schlecht. Und hier und da mal mittendrin gewesen zu sein, wäre allemal fantastisch.«

Elsas Haus beherbergte eine kunterbunte Mischung aus allem Möglichen. Neben Kuckucksuhren hingen afrikanische Masken, indianischer Federschmuck, farbenfrohe Gemälde aus Italien oder getrocknete Sträuße aus den Bergen Österreichs an den Wänden. Die Möbel waren eine Zeitreise durch die vergangenen Jahrzehnte: vom Biedermeierschrank über den Nierentisch bis hin zur Lavalampe oder der günstigen schwedischen Bücherwand, in der sich eine wirklich beeindruckende Zahl an wild übereinander gestapelten Büchern, einschließlich einer beachtlichen Schallplattensammlung befand. Und mit einem fast diebischen Vergnügen zündete sie sich, sobald Luisas Eltern außer Haus waren, ihre heißgeliebten Zigarillos an und gab sich damit ganz wie eine dieser Damen aus den Zwanziger Jahren.

Oft fragte sich Luisa, ob Oma ein Geheimnis hatte. Aus irgendeinem Grund erschien es ihr immer, als wäre Oma aus der Zeit gefallen. Aber Luisa war sich sicher, das besser nicht bei ihrer Mutter anzusprechen. Vor allem mit Omas uraltem Fotoapparat hatte es irgendetwas auf sich. So einer aus der allerersten Generation, riesengroß, ein Holzkasten, einer von der Sorte, die die Fotografen ganz früher mit Stativ für Familienporträts benutzten. Seit sie denken konnte, hütete Oma ihn wie einen Schatz und bestand auch darauf, dass er mit ins Pflegeheim kam.

Nein, sie war jedenfalls nie der Typ für ein Heim gewesen. So viel stand fest. Doch als sich die einst so flinke, stolze und eigenwillige Dame einen komplizierten Oberschenkelhalsbruch zuzog, der sie dauerhaft an den Rollstuhl fesselte, brauchte es eine Entscheidung. Zuerst waren es mehrere polnische Pflegekräfte, die Oma Elsa jedoch alle nacheinander zum Teufel schickte. So liebenswert sie sein konnte, sie verwandelte sich manchmal in einen Drachen, der es den Altenpflegerinnen über kurz oder lang unmöglich machte, sie zu versorgen. Mit dem Besenstiel jagte sie trotz Rollstuhl einigen hinterher, hörte lautstark Musik oder schüttete ihre Tabletten in den Abguss.

Sie alle versuchten Oma an einen normalen Tagesrhythmus zu gewöhnen, was ein frühes Frühstück und ein zeitiges Abendessen beinhaltete. Wenn man jedoch wie Oma Elsa daran gewöhnt war, bis spät in die Nacht Bücher zu lesen oder Filme zu schauen und gegen elf Uhr morgens aufzustehen, stellten bereits solche Veränderungen keine besonders gute Basis für ein friedliches Miteinander dar.

Auch die Kochkünste der Pflegerinnen überzeugten Elsa nicht. Und so kam es, dass sie beim heimlichen Flambieren einer Crêpe Suzette fast die ganze Küche in Brand setzte und damit die Ära der polnischen Pflegekräfte und ihres Aufenthalts im eigenen Heim beendete.

Den Umzug in das Pflegeheim ließ sie dann stumm über sich ergehen. »Na also, geht doch!«, stellte Mama zufrieden fest. Luisa konnte jedoch in den Augen ihrer Großmutter lesen, dass diese nicht vorhatte, den ungewollten Wechsel ins Pflegeheim klaglos hinzunehmen. Es blieb allein die Frage, wie sie es, an den Rollstuhl gefesselt und gut bewacht durch geschultes Pflegepersonal, schaffen könnte, dieser unerwünschten Situation zu entfliehen. So verging auch ein halbes Jahr, in dem nichts Auffälliges passierte.

Und nun, da auch Luisa annahm, ihre Großmutter hätte sich mit der Situation arrangiert, war ihr also doch die Flucht gelungen. Allein das Wie und Wohin waren die Frage. Tatsache war, Oma Elsa wurde zuletzt bei der kleinen Silvesterfeier des Pflegeheims am Abend gesehen, von der sie sich wohl recht früh zurückgezogen hatte. Luisa ging davon aus, dass in dieser Nacht natürlich nicht alle mit gleicher Aufmerksamkeit bei der Sache gewesen waren, das Feuerwerk und die Feierlaune abgelenkt hatten. Trotzdem blieb rätselhaft, wie eine fünfundachtzigjährige alte Dame es schaffen konnte, einfach so mit einem Rollstuhl zu verschwinden. Luisa stöhnte auf. Sie musste sie suchen! Und da ihre Schwester ein gutes Stück weiter weg wohnte, war auch klar, dass Luisa das machen musste. Sie schnappte sich Winterjacke und Rucksack und zog los.

Der Zeitenwandler

Natürlich wäre es unklug, sich gleich hier vorzustellen. Das würde ja wohl dem Ganzen die Spannung nehmen. Sagen wir mal so: Ich bin ein Gentleman und ein Schöngeist. Ich verstehe mich auf die Menschen. Und ich reise gerne durch die Zeit. Da gibt es nach wie vor viel zu tun und es ist immer wieder faszinierend zu sehen, wie wenig sie alle daraus lernen. Sie vergessen es einfach, sie vergessen es in dem Moment, da es sie nicht mehr persönlich berührt. Und dennoch werde sogar ich ab und an schwach und empfinde so etwas wie Zuneigung zu ihnen. Es unterhält mich und bereitet mir Freude und auch Zerstreuung. Vor allem ihre Suche nach dem Glück. Die fasziniert mich. Begegne ich aber richtigen Glücksmomenten – ich gebe zu, um die beneide ich sie.

3. Fahndung nach Oma

Das Zimmer im Pflegeheim sah aus wie immer. Außer dass ein Koffer, ein paar Kleidungsstücke und Kosmetikartikel aus dem kleinen Bad fehlten. Und ebenfalls der große alte Fotoapparat. Klare Indizien dafür, dass Oma Elsa keine bloße Spazierfahrt mit dem Rollstuhl geplant hatte. Die Pflegeschwester stand etwas ratlos und leicht schuldbewusst in der Tür.

»Ich kann mir das überhaupt nicht erklären … sie war doch glücklich hier … und es war doch auch so kalt draußen …«

Luisa betrachtete das Bett mit der Hebevorrichtung, den fahrbaren Nachttisch und den praktischen Einbauschrank, den Wandfernseher und den Stapel offensichtlich ungelesener Zeitungen, der auf dem kleinen Esstisch neben dem Wocheneinteiler für die Tabletten lag. Ja, da hingen ein paar Gemälde und es standen ein paar Fotos auf dem Bord über dem Bett. Das alles blieb jedoch ein trostloser Ersatz für ihr buntes früheres Zuhause. Nein, Elsa war hier nicht glücklich. Aber es war kalt draußen, zu kalt für eine alte Frau, die, abgesehen von ihrem Handicap, nicht mehr laufen zu können, noch recht klaren Geistes war. Dennoch konnte sie sich bei den Temperaturen schneller den Tod holen als ihre wiedererlangte

Freiheit genießen.

Luisa blickte auf den alten Jahreskalender. Dort prangte an dem Dreißigsten ein Kringel und mit zarter, kaum erkennbarer Schrift stand da ein Name. Ihr Name. Luisa. Und daneben ein weiterer: Fiete. Und dann lagen da noch vier alte Fotoalben. Eines war aufgeschlagen. Mit vergilbten Seiten und alten kleinen Schwarzweißbildern.

Paris 1900. Die Weltausstellung. Das musste noch von Omas Eltern, wenn nicht sogar Großeltern stammen. An die Seite war ein Post-It geheftet, auf dem stand: Unbedingt ansehen. Und daneben lag ein vergilbter Zettel mit ein paar Zeilen drauf. In altmodischer Schrift. Nicht Omas Schrift. Das war klar. Der Zettel schien mindestens so alt zu sein wie dieses Fotoalbum.

Wir werden uns wiedersehen, eines Tages, der trügerischen Zeit zum Trotz. Wenn Sie mich finden wollen, gehen Sie zum Eiffelturm und besuchen die Weltausstellung, Montmartre und die Mühle.

Eiffelturm, Weltausstellung, Montmartre, Mühle? Wollte Oma nach Paris? War das ein Zufall? Bei jedem anderen hätte Luisa das vermutet. Aber nicht bei ihrer Großmutter. Sie rechnete vielleicht damit, dass Luisa kommen würde und wollte ihr etwas damit sagen, wartete irgendwo auf sie. Und dann kam dieser Name auf dem Kalender ins Spiel. Fiete. Wahrhaftig kein besonders häufiger Name. Sie waren mal bei dem kleinen Dönerladen, hatten sich mit dem Ladeninhaber Üksal und einem Fiete unterhalten. Heruntergekommener Typ, Altrocker, der seine besten Tage hinter sich hatte, auf den ersten Blick etwas gefährlich aussehend, aber irgendwie doch freundlich. Und er besaß offensichtlich ein Herz für alte Damen. Wie ja auch Oma immer wieder ihr besonderes Faible für Outlaws bewies. Luisa atmete tief durch. Sie musste Fiete suchen. Irgendwie.

Die Schwester war weiter bemüht, Luisa zu beruhigen: »Sie werden sie bestimmt finden. Die Suchmeldung ist bereits raus.«

Doch darauf wollte Luisa nicht warten. Sie machte auf dem Absatz kehrt und verließ das Heim, schneller als es die immer noch ratlose Pflegeschwester begreifen konnte. Vor dem Gebäude blieb sie stehen und versuchte sich, in die Lage der alten Frau im Rollstuhl zu versetzen, die sich zwischen Feuerwerk und feiernden Menschen aus dem Staub gemacht hatte. Allein oder mit Hilfe. Das war die Frage. Dann lief Luisa los. Es war kalt, die gestrige Nacht und der ungemütliche Morgen steckten ihr noch in den Knochen und die wachsende Sorge um ihre Großmutter machte es nicht besser. Es war nicht viel los auf den Straßen. Ein müder erster Januartag, der grau und trist war und augenscheinlich nach dem anstrengenden Jahreswechsel erst einmal keine Lust zu weiteren Bemühungen hatte, freundlich oder gar sonnig zu werden. Einer dieser Tage, an denen man sich gerne einfach mal so wegbeamen würde. Luisa seufzte. Die Zeit verstrich, mittlerweile war sie eine weite Strecke durch die Stadt gelaufen, hatte hier und da Passanten gefragt oder in Nebengassen und Hauseingänge geschaut.

Bis sie bei dem Dönerladen ankam. Doch der hatte geschlossen. Neujahr. Natürlich. Die meisten hatten zu. Luisa entdeckte neben dem Laden eine Haustür mit zwei Klingelschildern. Üksal. Da stand es. Sie schöpfte erneut etwas Hoffnung. Nach drei Mal klingeln drang eine Stimme aus der Gegensprechanlage. Etwas unwirsch und nicht begeistert von der Störung. Noch jemand, der vermutlich gestern nicht allzu viel Schlaf abbekommen hatte. »Ich … suche meine Oma …«

»Dein Oma? Ich habe nicht dein Oma.«

»Ja. Also eine alte Frau im Rollstuhl. Sie ist gestern aus dem Pflegeheim abgehauen. Ich frage mich, ob sie nicht jemand gesehen hat. Sie war schon einmal hier. Hat sich mit einem Fiete unterhalten. Wissen Sie, wo er wohnt?«

»… Moment, ich runter komme. Bitte warten!«

Kurze Zeit später öffnete sich die Tür und Herr Üksal stand dort mit übergeworfenem Hemd und etwas zerzausten Haaren. Er wirkte immer noch etwas ungehalten.

Dann räusperte er sich. »Fiete … sieht aus wie ein böser Junge, ist aber ein guter Kerl. Im Sommer immer unter der Brücke. Jetzt im Winter meist im Obdachlosenheim.«

Auch wenn Luisa sich ganz gut in ihrer Stadt auskannte, wo das Obdachlosenheim war, wusste sie aber nicht.

»Musst bisschen laufen. Fritz-Kohl-Straße. In der Nähe von jüdische Friedhof.«

Luisa überlegte. »Ah. Danke. Das werde ich finden.« Und so verabschiedete sie sich eilig bei Üksal, der gerade etwas gesprächiger werden und ihr einen türkischen Tee anbieten wollte. Den sie nach kurzem Zögern dankend ablehnte.

4. Im Obdachlosenheim

Heinrich-Egli-Haus. Da stand es. Vor dem Obdachlosenheim blieb Luisa stehen. Etwas erschöpft und aus der Puste von dem doch recht weiten Weg. Sie hätte ihr Fahrrad nehmen sollen. Auch hatte sie Bedenken, ob das hier bei ihrer Suche helfen würde. Dann gab sie sich einen Ruck und klingelte. Ein jüngerer Mann mit Bart öffnete und betrachtete sie verwundert. »Die Unterkunft für Frauen ist hier nicht. Die ist in der Nahestraße.«

»Ich brauche keinen Platz für mich, ich suche eigentlich meine Großmutter und Fiete. Ist er hier?«

»Deine Großmutter haben wir nicht. Auch nicht Fiete. Aber: da kann ich dir ein bisschen weiterhelfen. Er hat Silvester außerhalb gefeiert. Bei einem Schriftsteller. Hat er ganz stolz erzählt. Einer, der so ein Roadmovie schreiben will und dafür Fietes Vita super geeignet fand.«

»Ah, na so was. Wie heißt denn dieser Schriftsteller?«

Der junge Mann kratzte sich an seinem Bart. »Hm. Also, ich glaube, Frederic. Ja. Frederic Neumann. Oder so.«

Ein Schriftsteller! Frederic. Ob es tatsächlich der gleiche war, den Oma mal erwähnt hatte? Luisa erinnerte sich. Oma hatte von einem Schriftsteller erzählt. Und wenn sie sich nicht irrte, hieß der sogar Frederic. Er muss irgendwann in diesem halben Jahr einmal zu einer Lesung im Pflegeheim gewesen sein. Und Oma hatte sich wohl lautstark darüber empört, dass er da war. »Was kommt der zu uns und erzählt uns vom Leben und seinen Büchern? Er sollte rausgehen, zu den jungen Menschen oder erst einmal selbst intensiver leben. Und nicht die Zeit hier bei uns verschwenden.« Oma nahm eben nie ein Blatt vor den Mund. Der junge Schriftsteller war daraufhin wohl etwas irritiert gewesen, unterhielt sich dennoch trotz Omas Lesungsboykotts hinterher lange mit ihr. Dass der Obdachlose Fiete ausgerechnet Kontakt zu genau diesem Schriftsteller haben könnte, das wäre ein mehr als verblüffender Zufall, ließ Luisa aber Hoffnung schöpfen.

»Wissen Sie zufällig auch noch, wo er wohnt?«

Der Mann, der vermutlich so etwas wie ein Sozialarbeiter war, lachte. »Nein, also strenggenommen darf ich dir das nicht sagen … aber …« Er betrachtete die erschöpfte junge Frau mitleidig. »Ich schau mal, ob ich dir helfen kann. Komm mal rein. Ist ja arg ungemütlich da draußen.«

In dem Flur roch es irgendwie nach Fischstäbchen. Auch wenn Fischstäbchen nicht unbedingt ihr Leibgericht waren, war sie doch müde und hungrig. Und gleichzeitig angespannt. Sie musste Oma finden! Der Sozialarbeiter verschwand in einem der Räume, aus denen mehrere Stimmen zu hören waren. Sie war noch nie in einem Obdachlosenheim gewesen. Neugierig schaute sie sich um und las die ausliegenden Broschüren. Anonyme Alkoholiker, Arbeiter Samariterbund, Malteser-Hilfe, Jobvermittlung, Wohnungsanzeigen. Dann betrachtete sie die Pinnwand mit den Fotos der Mitarbeiter. Der Sozialarbeiter hieß demnach Klaus Kummer.

Eine Tür öffnete sich und ein älterer Mann schlurfte heraus. Als er Luisa sah, hielt er kurz an, betrachtete sie verwundert und rief dann begeistert. »Ja, bist du denn echt?« Machte Anstalten sie anzufassen, als müsste er sich davon überzeugen.

»Erich!« Herr Kummer pfiff den Alten zurück, woraufhin sich dieser wegtrollte. Dann wandte er sich an Luisa: »Sie haben Glück. Björn, ein guter Freund von Fiete, wusste, wo der junge Schriftsteller wohnt. Ist hier ganz in der Nähe. Am Taubenberg 5.«

Luisa war begeistert. »Danke! Dann werde ich es da mal versuchen.«

Das kleine Haus war in einem Hinterhof versteckt. Es lag dort inmitten höherer Mietshäuser, als hätte es sich verirrt. Vor dem Eingang standen ein paar Laufschuhe, daneben in einem Pflanzkübel ein kleines schiefes Tannenbäumchen mit einer bunten Lichterkette. In der Garage befanden sich ein alter Peugeot und ein Fahrrad. An dem Klingelschild war mit verwaschener Schrift *L. und F. Neumann* zu lesen. Luisa klingelte. Und ein weiteres Mal öffnete ein Mann. Irgendwie etwas verhuscht, mit braunen, etwas wirren Haaren. Dreitagebart. So Mitte Dreißig, schätzte sie. Ein klein wenig müde, mit etwas unsicherem, erstaunten Blick. Aber warum auch immer, er war ihr sofort sympathisch.

»Sind Sie Frederic Neumann? Ich suche nach Fiete und meiner Großmutter. Sind die beiden zufällig hier?«

Der Mann betrachtete sie kurz und lächelte dann. »Ja. Das bin ich. Und du bist Luisa, nicht wahr?«

Luisa nickte. Konnte es irgendwie kaum glauben. Er kannte ihren Namen!

»Na. Dann komm mal rein.«

Sie stolperte prompt über die Laufschuhe, murmelte verlegen eine Entschuldigung und folgte Frederic Neumann ins Haus.

5. Fiete

Bis vor zehn Jahren ließ sich Fietes Leben gut mit folgenden Worten umschreiben: Schnell, laut, on the road und stets am Limit. Sein derzeitiger Zustand war jedoch eher: langsam, leise, auf der Straße, aber in ganz anderem Sinne, und ja, finanziell lange unter dem Limit.

Fiete war ein Rocker durch und durch. Nie einer von den wirklich Bösen, nie Anführer, immer loyal, aber immer etwas an der Grenze der Legalität. Das gehörte einfach dazu. Es war wohl eine Lebensentscheidung. Einmal Rocker, immer Rocker. Obwohl das strenggenommen nicht mehr stimmte. Mittlerweile war er sozusagen einer auf Solotour. In seiner Stadt gab es seinen Club nicht mehr – außerdem: er war die krummen Dinger, die sie dann doch immer mal wieder gedreht hatten, und den Stress, den sie ständig mit den Bullen bekamen, irgendwann leid gewesen.

Verpfiffen hatte er keinen von ihnen, und dennoch hatte es mit der Bruderschaft dann ein Ende gehabt. In den warmen Sommermonaten lebte er nun meist draußen, in einem alten ausrangierten Wohnwagen, frei, ungebunden – und mittellos. Den Rest des Jahres – er schämte sich, es einzugestehen – kam er mal hier und da bei Freunden unter oder aber er übernachtete im Obdachlosenheim. Und dennoch war er immer noch ein knallharter Bursche mit einem weichen Kern. Vor allem konnte er etwas, was ihm vielleicht bis jetzt das Leben gerettet hatte: er konnte die Herzen der Menschen erwärmen, ihre Sympathie wecken. So oft war er beinahe von den Bullen eingelocht worden. Doch fast immer war er mit ein paar Nächten in U-Haft davon gekommen. Gewiss hatte er bei dem ortsansässigen Kommissar auch einen Stein im Brett: Meist sagte der mit einem Augenzwinkern: »Fiete, komm, mach dich vom Acker. Ich weiß, dass du keiner Fliege was zuleide tun kannst.«

Mit Frauen war es ihm früher ähnlich ergangen. Nun ja. Sie mochten ihn. Und er mochte sie. Man kann sicher nicht sagen, dass er jetzt noch in gleichem Maße attraktiv war – T-Shirt und Jacke spannten mittlerweile ausreichend über dem Bierbauch und das lange Haar war grau und schütter geworden – aber der Wunsch nach der Herzensdame fürs Leben war ungebrochen und in seinem tiefsten Inneren war er außerdem ein Romantiker. Auch war es sein großer Traum, noch einmal so richtig in die wilden Zeiten abzutauchen. On the road gehen und die unbegrenzte Freiheit und Weite genießen. So wie die Rolling Stones ungeachtet ihres Alters noch auf Tournee gingen. Verdammt, einmal die Route 66 rauf und runter. Da war er nämlich noch nie gewesen. Einmal die roten

Canyons in Arizona sehen. Den wohl schönsten Abschnitt der gesamten Strecke!

Mittlerweile war sein Highlight der Woche, bei Üksal das große Poster mit dem blauen Himmel über Antalya anzuschwärmen und dabei in seinen Döner zu beißen. Eben in so einem träumerischen Moment lernte er Elsa kennen. Die alte Dame war in ihrem Rollstuhl damals bei Üksal hereingerollt, begleitet von ihrer kleinen, leicht verpeilten Enkeltochter. Und sie brachte selbst den stets etwas muffeligen und nicht mit allzu viel Charme gesegneten Üksal dazu, eiligst einen türkischen Tee auf Kosten des Hauses zu servieren. Mit extra viel Zucker, versteht sich. Als die alte Dame sich dann noch die stärksten Zigaretten aus Üksals Automaten zog und kurz darauf frech damit Fiete anpaffte, war ihm der Döner doch glatt aus der Hand gefallen. Und erzählen konnte die Elsa – das war der Wahnsinn. Was die alles erlebt hatte – es mussten mehrere Leben gewesen sein. Hin und wieder zweifelte er am Wahrheitsgehalt, aber das machte nichts. Wirklich abgefahren war jedenfalls diese Zeitreisenummer. Die schien da ernsthaft dran zu glauben. Aber ein paar Spinnereien seien einer alten Frau wie Elsa ja gestattet.

6. Frederic

Gab es etwas Demütigenderes? Wenn einem der beste Freund auf die Schulter klopfte und sagte: »Mach dir nichts draus. Sie war eh eine Nummer zu groß für dich.«

Und das, nachdem er einem die Ehefrau ausgespannt hatte. Aber auch sie ließ ihren Abgang nicht gerade zu einem Fest für Frederic werden, so sehr er auch bemüht war, völlig gelassen und cool zu wirken, etwas, was er leider überhaupt nicht konnte. Laras Worte, bevor sie gegangen war, lauteten: »Frederic, du bist einfach ein Langweiler.«

Dann fiel die Tür ins Schloss. Und gleichzeitig flog eine von Laras Zeitschriften, die noch auf dem Garderobentisch lag, zu Boden und klappte auf: Dein Tag. Dein Erfolg. Stand da. In großen Lettern. Und ein selbstgefälliger Dressman schaute ihn an. Umgarnt von einer brünetten Schönheit. Tja, wenn das so einfach wäre. Der Beruf und das Schreiben nebenher hatten Frederic so beschäftigt, dass er es als Einziger nicht gemerkt hatte: Lara hatte ausgerechnet mit seinem besten oder besser gesagt ehemals besten Freund Gerald etwas angefangen. Und zwar schon vor einiger Zeit. Sie wussten es alle, nur er nicht. Lara hatte ihn zurückgelassen mit einem Berg von

Rechnungen ihres stets recht kostspieligen Lebens und mit einem ziemlich faden Gefühl, in allem so richtig abgeloost zu haben. Beschissener konnte es kaum laufen.

Er wollte sich daraufhin noch mehr in seine Arbeit stürzen. Doch auch das gelang ihm nicht. Tatsächlich war es seitdem wie verhext. Er konnte nicht mehr schreiben. Totale Blockade. Zigmal angefangen und dann doch nicht für gut befunden. Selbst seine ehemaligen Bücher fand er plötzlich öde und fad.

Im Grunde hatte ihm Elsa die Augen geöffnet. So sehr er damals bei der Lesung geschockt gewesen war. Sie gab ihm klipp und klar zu verstehen, dass sie seine Lesung in dem Altersheim kein bisschen interessierte und verließ den Raum sogar zwischendurch in ihrem Rollstuhl. Dass er sich anschließend dennoch prächtig mit ihr unterhalten konnte, war ein kleines Wunder. Und er nahm es ihr auch nicht übel, irgendwie konnte man das bei ihr nicht. Eine verblüffende Gemeinsamkeit entdeckten sie in ihrem Faible für die Geschichte. Und sie waren beide fasziniert von Zeitreisen. Wenngleich sie das für seinen Geschmack etwas zu ernst nahm. Jedenfalls wusste sie seine Geschichtskenntnisse zu schätzen. Immerhin war er Lehrer, unterrichtete Deutsch und Geschichte. Und dies gewiss nicht schlecht, und er mochte auch seinen Beruf. Und dennoch: Einfach mal abhauen. Und jemand anderes sein. Das wäre was. Nicht, dass er berühmt sein wollte. Gott bewahre! Das wäre ihm viel zu anstrengend. Aber aus diesem ganzen Trott mal rauskommen. Etwas Bedeutsames tun, etwas erleben. So verrückt sein wie die Menschen in den Sechzigern, am Puls der Zeit sein und nicht nur hinter dem Schreibtisch sitzen. Das wäre vielleicht der Schlüssel zum Glück.

7. Trautes Beisammensein

Im Wohnzimmer saßen gemütlich bei Kerzenschein, Tee und Plätzchen: der Altrocker Fiete in seiner abgewetzten Lederkluft, und Oma; ihr weißes Haar zu einem verwegenen Dutt zusammengeknotet, eingekuschelt in eine flauschige Decke. Als wäre es das Normalste auf der Welt.

»Luisa, mein Schatz, komm her! Und setz dich zu uns!«

Luisa trat näher, umarmte ihre Oma, dann setzte sie sich auf einen freien Sessel und sah sich um. Hohe Regale mit zahlreichen Büchern, viele Bilder. Zeitschriften hier und da, ein Schreibtisch, auf dem sich neben dem Computer Papierstapel türmten. Aber auch etliche Pflanzen, die allesamt einen gesünderen Eindruck machten als ihr Benjamini. Ein kunterbuntes Durcheinander, wie es Oma liebte. Und auch Luisa liebte das. Ihre Mutter und auch ihre Schwester aber würde es zu einem spontanen Aufräumkommando veranlassen.

»Du siehst so aus, als könntest du einen heißen Tee und etwas zu essen gebrauchen?«

Luisa war tatsächlich recht durchgefroren und hungrig und nahm Frederics Angebot dankend an. Dann besann sie sich wieder darauf, warum sie eigentlich hier war.

»Oma. Sie suchen dich. Du hast allen einen ziemlichen Schrecken eingejagt, weißt du das?«

Oma Elsa schnaubte. »Pah, das geschieht denen recht. Die bekommen mich so bald nicht wieder. Da hol mich doch besser der Teufel, als dass ich dahin zurückkehre! Wenn du dir Sorgen gemacht hast, tut es mir leid. Aber so wie es aussieht, hast du mich ja recht schnell gefunden. Schlaues Kind. Aber ich muss sagen: Ich bin verblüfft.«

Luisa nickte. »Ich auch …«

Fiete hatte noch kein Wort gesagt, sie aber neugierig beäugt. Frederic kam mit einer Tasse Tee und einem Teller belegter Brote zurück und stellte sie vor sie hin, zog sich einen Stuhl heran und setzte sich dann ebenfalls.

»Danke!« Luisa schlürfte ihren Tee, biss in ein Käsebrot und versuchte, ihre Gedanken zu ordnen.

»Elsa kann erst einmal bei mir bleiben.«

Luisa sah Frederic erstaunt an: »Also, das ist wirklich sehr nett … aber …«

Da schaltete sich Fiete ein: »Kein Aber. Elsa ist nicht der Typ fürs Pflegeheim. Sie ist wie ich. Frei wie ein Vogel. Den darf man einfach nicht einsperren. Vielleicht mit einem gebrochenen Flügel …«, er deutete auf Omas Beine, »der etwas Unterstützung benötigt. Aber dennoch nicht den Rest seiner Zeit in einem Käfig verbringen will.«

Dann knuffte er Oma freundschaftlich in die Seite. Und Luisa bemerkte, wie vertraut sie miteinander umgingen. Diese beiden so scheinbar völlig verschiedenen Menschen. Die eine schon über achtzig und der andere – schwer einzuschätzen, aber gewiss über sechzig, dennoch eben ein wesentliches Stück jünger als Oma. Als hätten sie sich schon öfter getroffen. Hatten sie das vielleicht sogar? Oma gab dann auch sogleich die Antwort: »Fiete hat mich im letzten halben Jahr immer mal wieder besucht und ich habe ihn dann auch mit Frederic bekannt gemacht. Und ja, Fiete hat mir bei meiner Flucht ein klein wenig geholfen.«

Luisa war verblüfft. Hatte sie doch geglaubt, sie wäre die einzige Besucherin gewesen, mal abgesehen von den seltenen Stippvisiten ihrer Schwester und ihrer Eltern. Die schon deswegen nicht oft kamen, weil Oma sie es jedes Mal spüren ließ, dass sie ihren Aufenthalt im Heim nicht wirklich genoss. Aber dass Fiete Oma geholfen hatte, war ihr in dem Moment klar geworden, als sie seinen Namen auf dem Kalender entdeckte.

Oma fuhr fröhlich fort: »Ich habe dir ja mal von Frederic erzählt. Ein begabter Schriftsteller, mit profunden Kenntnissen in Geschichte, der seine Zeit auch schon mit uns Alten im Pflegeheim verschwendet hat.« Sie grinste. »Und da er ein neues Buchprojekt plant, erschien es mir ganz passend, ihn mit Fiete bekannt zu machen.«

Frederic schaute etwas verlegen drein. Oma sah augenzwinkernd zu Frederic: »Ja, er hat bis jetzt immer so ernste Sachen geschrieben. Ich habe aber gemeint: Frederic, mein Guter. Schreib mal was Anderes. Und dann fiel mir eben Fiete ein. Allein seine Person und sein Leben on the road wären erzählenswert.«

Der Altrocker Fiete strahlte dabei wie ein Honigkuchenpferd. Ein rührender Anblick. Denn wenn man ihn sich so anschaute, das lange, etwas schüttere Haar, das er immer noch in Rockermanier zu einem Pferdeschwanz trug, die gefurchte Haut und die Tattoos an den Armen, die schon älteren Datums waren … Er sah tatsächlich nach einem bewegten Leben aus. Etwas, was er vielleicht mit Oma gemeinsam hatte.

Frederic wandte sich zu Luisa: »Ich will ehrlich sein. Ich habe seit einem halben Jahr keine Zeile mehr geschrieben, die es wert wäre, zu einem Buch zu werden.«

Oma lachte auf: »Frederic, mein Lieber. Das ist auch kein Wunder. Um zu schreiben, braucht man neue Erfahrungen. Du musst erst einmal leben.«

Frederic seufzte. »Ja, vermutlich hast du recht.«

Luisa fragte sich, wie Frederics Leben aussah. Konnte er vom Schreiben leben? Auch wenn er Lesungen im Pflegeheim hielt und man ihn im Obdachlosenheim kannte – sie hatte noch nie etwas von ihm gehört. Luisa zögerte, doch dann wagte sie es, ihn zu fragen. Frederic lachte: »Nein, natürlich nicht. Bei weitem nicht. Ich bin eigentlich Lehrer. Mache aber aktuell ein Sabbatjahr. Was mehr Zeit bedeutet, aber auch kein Geld.«

»Und ein Trennungsjahr …«, ergänzte Oma. Frederic verzog bei dieser Anmerkung leicht den Mund.

Es machte Oma Elsa aus, dass sie sich für Menschen wie Fiete oder Frederic interessierte. Luisa fand das toll. Und dennoch kam wieder die Sorge in ihr auf, wie das hier weitergehen sollte. Die alte Frau konnte ja nun schlecht bei Frederic dauerhaft wohnen bleiben. So viel war klar. Sie gab sich einen Ruck und fragte vorsichtig: »Und, habt ihr schon irgendwelche Pläne?« Oma betrachtete sie mit einem leicht mirakulösen Blick, während Fiete und Frederic etwas ausweichend zu Boden schauten. »Aber sicher doch, das haben wir.«

8. Das Taxi

Die genaue Antwort auf die Frage, was die drei nun eigentlich geplant hatten, blieben sie Luisa jedoch vorerst schuldig. Oma startete ein geniales Ablenkungsmanöver, indem sie Fiete lang und breit erklärte, wie man die besten Zimtsterne backte. Eine Diskussion, die sich unmittelbar nach dem Verzehr der Plätzchen von Frederic ergab. Fiete fand sie großartig, Frederic aß nichts davon, sondern sagte nur: »Die sind von meiner Exfrau.«

»Oh mein Gott! Deine Exfrau backt dir Plätzchen? Das ist ja seltsam!« Oma war sichtlich entrüstet, Frederic etwas verlegen. »Nun ja, es war eben mein erstes Weihnachtsfest alleine …«

»Frederic, ich weiß es nicht – aber es ist seltsam … eins ist gewiss – das müssen wir alles ändern. Du musst dein eigenes Leben führen!«

Woraufhin Frederic noch etwas verschüchterter aussah. Luisa fragte: »Was … ähm … schreiben Sie denn so …?«

Frederic schien über den Themenwechsel froh zu sein und gab daher bereitwillig und ausführlich Antwort. Wir könnten seinen langen Monolog hier zwar wiedergeben, aber dies würde uns erst einmal nicht weiterbringen und letztendlich zum gleichen Ergebnis führen wie bei Luisa. Durch ihren Kopf gingen diese Assoziationen: Sehr geschichtslastig. Kompliziert. Sehr bedeutungsvoll. Aber nichts, was einen vom Hocker reißt. Omas Lesungsboykott lag gegebenenfalls nicht nur daran, dass er im Pflegeheim gelesen hatte, sondern, was er dort gelesen hatte. Dennoch erkannte Oma allem Anschein nach sein Talent. Interessant war jedenfalls, dass er es wagte, sich ein Jahr Auszeit fürs Schreiben zu nehmen und dafür auf sein sicheres Gehalt zu verzichten.

»Und nun möchten Sie also ein Roadmovie schreiben?«

Frederic schaute verlegen zu Boden. »Ja, also. Ich weiß es noch nicht so genau. Ein Roadmovie oder eine Zeitreise. Wenn ich ehrlich bin, war das Elsas Idee. Aber ich finde es beides sehr verlockend. Übrigens sollten wir uns doch duzen.«

Sie unterhielten sich alle noch ein Weilchen per Du über ein paar Belanglosigkeiten. Irgendwann begriff Luisa, dass sie todmüde war. Oma Elsa betrachtete sie besorgt: »Kindchen. Ich denke, du solltest dich etwas ausruhen. Wer weiß schon, was dieser Januar noch so bringt.«

»Ja, aber … Und du bleibst hier? Ihr beide …«, sie wandte ihren Blick zu Fiete, »bleibt hier?«

Frederic nickte. »Erst einmal ja. Morgen sehen wir

weiter.«

Unsicher, ob sie hier irgendwie nachhaken sollte, erhob sich Luisa. Oma flötete fröhlich: »Wir melden uns morgen. Du musst mir nur eins versprechen, kein Wort zu Merle und deinen Eltern.«

Luisa schluckte, das würde nicht einfach werden, sie war eine schlechte Lügnerin. Und wieder hörte sich das auch an, als wüsste Oma als Einzige mehr und heckte etwas Bestimmtes aus. Luisa seufzte, wollte noch zu einer Frage ansetzen, ließ es aber dabei. Sie war plötzlich so erschöpft, dass sie kaum wusste, ob sie es noch nach Hause schaffen würde. Also verabschiedete sie sich und machte sich auf den Heimweg.

»Pack deinen Koffer und frag diesen Wolfi, ob er auf Chomsky aufpassen kann. Wir sind in einer halben Stunde bei dir.« Omas Stimme posaunte durchs Telefon. Sodass selbst Chomsky, der an diesem Morgen deutlich länger Ruhe bewahrt hatte als am Vortag, erschrocken die Ohren spitzte. Und Luisa überlegte, ob nicht doch der Neujahrsbeginn sogar bequemer gewesen war. Immerhin konnte sie sich da noch einmal hinlegen. »Oma. Was bitte soll das heißen?«

»Nun. Du bist noch nicht ganz wach. Daher nochmals in Kurzfassung: wir gehen on the road und holen dich gleich ab.«

»Und … wo bitte soll es hingehen?«

Oma lachte: »Das wird sich noch zeigen. Bis gleich.« Und schon hatte sie aufgelegt.

Luisa sah zu Chomsky, der sie genauso ratlos anschaute und auch keine Antwort wusste. Dann stand sie auf, lief zum Bad, das noch besetzt war, fluchte und lief zurück in ihr Zimmer, um ein paar Sachen in ihren alten Koffer zu werfen, und zog sich an. Anschließend schnappte sie sich Chomsky und klopfte bei Wolfi an der Tür, der verschlafen öffnete. Er schenkte erst Luisa ein verlegenes Lächeln und dann ein begeistertes dem Kater.

»Kannst du dich eine Weile um Chomsky kümmern?«

»Ja, klar. Spontane Reise? Wohin soll's denn gehen?«

Luisa entgegnete: »Du wirst es nicht glauben, aber ich weiß es nicht.«

Wolfi war trotzdem neugierig. »Neuer Freund?«

»Nein, nicht wirklich. Meine Oma, ein Schriftsteller mit Schreibblockade und ein obdachloser Rocker.«

»Wow!« Wolfi sah sie verblüfft an. Wollte noch etwas sagen, doch da klingelte es bereits an der Tür.

Ein kräftiger Mann stand vor ihr. Dunkle Sonnenbrille, Lederkluft, blitzender Nietengürtel. Auf Hochglanz gebrachte Bikerstiefel. Breites Grinsen. Fiete.

»Das Rollstuhltaxi wartet!«

»Rollstuhltaxi?«

»Ja, ist praktisch. Man kann Oma Elsa direkt mit dem Rollstuhl hineinfahren. Und es ist noch genug Platz für uns.«

»Ja. Hm …«

Fiete sah Luisa belustigt an. »Nicht so zögerlich. Ich hoffe, das Köfferchen ist gepackt. Ich glaube, wir haben so einiges vor.«

Luisa betrachtete Fiete kurz noch etwas zweifelnd, dann lief sie mit einem »Warte einen Moment!« die Treppe nach oben, griff ihren Koffer, einen Rucksack und ihre Jacke, sah sich noch kurz suchend in ihrem Zimmer um, schrieb einen Zettel für ihre WG und polterte dem wartenden Fiete entgegen. Er grinste zufrieden, nahm ihr das Gepäck ab und führte sie zu einer Nebenstraße, in der am Straßenrand tatsächlich ein größerer weißer Wagen wartete. Mit »Thiemes Rollstuhlfahrten« bedruckt. Fiete öffnete die seitliche Schiebetür des Taxis, schob ihren Koffer hinein und forderte sie auf, einzusteigen. Im Innenraum saß Oma im Rollstuhl und auf dem Beifahrersitz Frederic. Der sich mit einem unsicheren Lächeln umdrehte. Der Fahrersitz war leer. Umso verblüffter war Luisa, als Fiete sich auf eben diesen Platz schwang und zufrieden meinte: »Na, denn gehen wir vier Hübschen mal on the road!«

»Wo ist denn der Taxifahrer?«

Oma antwortete lapidar: »Mein Kind, das siehst du doch. Fiete ist unser Fahrer. Hat einen guten Freund mit einem Taxiunternehmen, der ihm das Gefährt geliehen hat.«

Luisa war beeindruckt. »Ein Taxi geliehen? Dass so was möglich ist, hätte ich nicht gedacht.«

Fiete grinste. »Ich auch nicht«, sagte er und startete den Wagen.

9. On The Road

Aus den Lautsprechern dröhnte *Born to be wild.* Fiete war in guter Stimmung. Elsa augenscheinlich auch. Frederic wirkte eher so, als würde er nicht so recht wissen, ob er hier richtig war. Luisa ging es ähnlich. Sie war immer noch etwas erstaunt und verwirrt darüber, dass sie sich darauf eingelassen hatte. Bevor ein neues Musikstück einsetzte, stellte sie endlich die entscheidende Frage: »Wohin fahren wir denn nun?«

Oma antwortete: »Nach Paris.«

»Oh, das ist ja klasse.« Luisa war beeindruckt und zugleich überrascht. Oma lächelte mindestens genauso geheimnisvoll wie am Vorabend. »Ja, das ist es wohl.« Luisa fiel auf, dass Elsa ihren alten Fotoapparat wieder auf dem Schoß festhielt. Dann schaute sie Frederic an, der nun noch verlegener zu Boden blickte. Wusste er mehr? Doch aus irgendeinem Grund fragte Luisa nicht weiter, sondern lehnte sich zurück und beschloss einfach, sich auf dieses Abenteuer einzulassen.

Auch wenn dieser zweite Januar ebenso grau war wie der Neujahrstag, es umhüllte sie plötzlich etwas Leichtes, als würden sie diesem ödesten aller Monate ein Schnippchen schlagen und sich heimlich davonstehlen. Und keiner konnte das im Grunde so gut wie sie alle vier. Keiner von ihnen hatte da etwas, das ihn hielt. Keinen Job, keine Partner. Nichts dergleichen. Abgesehen mal von Chomsky, der aber auch eigentlich ganz gut ohne sie auskam. Sie waren wie die vier glücklosen Antihelden, von denen Oma immer erzählt hatte, fiel Luisa plötzlich auf.

Sie fuhren an Saarbrücken vorbei und es dauerte nicht lange, bis Oma begeistert feststellte, dass sie in Frankreich waren. Sie jubelte. »Mein Gott, ist das lange her, dass ich hier war! Schaut es euch an! Die Häuser sehen so anders aus!«

Vielleicht waren die Häuser etwas kleiner, brauner, es gab mehr grüne Rasenflächen und Landgüter, vielleicht lag es aber auch an dem leichten Sonnenschein, der sich zögerlich durch die grauen Januarwolken stahl. Es konnte aber auch die verklärte Erinnerung sein. Frederic interessierte sich dafür, wann sie zuletzt in Frankreich gewesen war. Oma sah da plötzlich versonnen aus. »Vor vierzig Jahren …«

Luisa hatte das unbestimmte Gefühl, dass es zu Omas Liebe zu Frankreich irgendeinen konkreteren Hintergrund gab, traute sich in dem Moment aber nicht, nachzuhaken. Frederic nahm einen kleinen, etwas abgewetzten Notizblock heraus und kritzelte ein paar Worte hinein. Luisa äugte neugierig auf die beschriebene Seite, konnte aber nichts entziffern. »Was schreibst du da?«

Frederic zuckte zusammen und schloss seinen Block

mit verlegenem Blick. »Ach, ich mache mir nur ein paar Notizen …« Luisa lächelte. »Für dein Buch?«

Frederic sah noch ein Stückchen verlegener aus. »Hm, ja. Vielleicht …« Luisa wollte nicht weiter fragen und beließ es daher erst einmal dabei.

Hinter Metz machten sie eine kleine Pause an einem Rastplatz. Fiete stieg aus, um eine Zigarette zu rauchen. Frederic, um eilig eine Toilette aufzusuchen. Luisa beobachtete gedankenverloren ein Pärchen, das von der Raststätte zurückkam. Sie bewunderte die leuchtend roten Haare des Mädchens, das dabei war, lebhaft auf ihren Freund einzureden, der geduldig und mit einem leichten Schmunzeln zuhörte. Hatte sie richtig gehört, er wurde Wildschweinheld genannt? Seltsamer Kosename. Wohin mochten die beiden so früh im Jahr unterwegs sein? Sie schienen jedenfalls gut gelaunt und auch echt prima zusammenzupassen. Luisa wandte sich seufzend wieder Oma zu. Die wühlte in ihrer Tasche und zog einen dicken Briefumschlag heraus. Mit ungläubigem Blick erkannte Luisa darin zahlreiche schwere Gold- und Silbermünzen.

»Mein Gott, hast du ein Münzgeschäft überfallen?«

Oma legte den Finger auf den Mund. »Psst. Nein oder gewissermaßen doch. Bevor deine Eltern mich ins Heim verfrachtet haben, hatte ich vorsorglich mal ein bisschen was eingetauscht. Man weiß ja nie. Und manchmal taugen solche Münzen eben mehr.«

»Uih, dann hattest du doch schon länger geplant, abzuhauen, oder?«

Oma lächelte verschmitzt. »Vielleicht …«

»Jetzt sag mal ehrlich: Was werden wir in Paris machen? Du weißt doch mehr, als du sagst, und Fiete und Frederic auch.«

Oma Elsa legte den Kopf schräg und betrachtete ihre Enkeltochter liebevoll. »Ich möchte uns vier Pechvögeln Dinge zeigen, die abenteuerlich und wunderbar sind. Und damit uns in unserem Hier und Jetzt wieder den Blick eröffnen, dass es doch ab und an toll ist, auf dieser Erde zu leben. Ich weiß nur noch nicht, ob es klappt.«

»Ob es klappt? Was meinst du damit?« Luisa fand, dass Oma mehr und mehr in Rätseln sprach. Sie beobachtete, wie die alte Frau über den Fotoapparat streichelte.

»Hat es etwas mit dem alten Fotoapparat zu tun?«

»Ja, das hat es. Er kann …«

»… uns in die Zeit zurück katapultieren«, ergänzte Fiete und lachte dabei auf. Sie hatten beide nicht bemerkt, dass er wieder in das Taxi gestiegen war. Er wandte sich zu Luisa um. »Deine Oma ist einfach wunderbar. Ich kenne keinen, der eine größere Fantasie hat. Von ihr kann Frederic noch eine Menge lernen.«

Frederic war just in dem Augenblick wiedergekommen, er hatte ihnen Sandwichs mitgebracht, die sie alle hungrig aßen, anschließend zückte er erneut seinen Block. Luisa musste schmunzeln und sogar Fiete grinste leicht. Dann ging die Fahrt weiter.

Der Zeitenwandler

Mir bereitet es unbändige Freude, die Dinge auf den Kopf zu stellen. Alles durcheinander zu wirbeln. Die ehernen Gesetze außer Kraft zu setzen. Das zu tun, was irritiert, was eigentlich nicht geht. Das verunsichert viele. Es ist doch so, dass für die meisten alles seine Ordnung haben muss. Ordnung ist das halbe Leben. Ah, was für ein Spruch. Einer für die wahren Kleingeister unter uns. Es ist wirklich nur das halbe Leben. Chaos kann etwas Wunderbares sein. Es ist und bleibt zudem der Ursprung aller Kreativität.

.

10. Paris

Paris!!!« Bei ihrer Ankunft am späten Nachmittag johlten sie alle gleichzeitig. Fiete, Frederic und Luisa, da sie noch nie hier waren und Oma Elsa, weil sie eine nostalgische Wiedersehensfreude packte. Zaghafte Sonnenstrahlen spendeten ihrem Eintreffen einen zusätzlichen Glanz. Fast konnte man glauben, die Stadt hätte sich auf ihren Besuch vorbereitet. Fiete steuerte das Taxi unerschütterlich mitten durch den brausenden Stadtverkehr, als wäre es eine Harley, was bei Luisa und Frederic zeitweise zu Schnappatmung führte, Elsa jedoch nicht davon abhielt, ihm ständig Erklärungen und Anweisungen zu den Sehenswürdigkeiten zu geben. Sie hielten mal hier und mal dort am Straßenrand an, während Oma in einem zerfledderten Stadtplan blätterte, der mindestens wohl so alt war wie der Fotoapparat. Auch Frederics Bedenken, ob er noch ganz aktuell wäre, wehrte sie mit einer Handbewegung ab. »Den Eiffelturm gibt es jedenfalls noch.« Und genau da wollte Oma hin.

Als sie das beeindruckende Pariser Wahrzeichen erreichten, nahm Elsa ihren alten Fotoapparat heraus und bat Fiete darum, an den Straßenrand zu fahren, völlig vorschriftswidrig und zum Entsetzen der anderen Verkehrsteilnehmer. Doch das Hupen schien sie nicht zu stören. Stattdessen richtete sie in plötzlich erkennbar ernstem Tonfall ihre Worte an die drei Mitreisenden.

»Seid ihr bereit für eine kleine Zeitreise?«

Fiete lachte auf. »Ja, immer doch! Bitte zurück in die Achtziger. Da war ich jung und schön.«

Oma sah Fiete prüfend an. »Die Achtziger hättest du gerne. Merke ich mir. Erst einmal hatte ich vor, euch etwas anderes zu zeigen ...« Sie räusperte sich. »Luisa, mein Schatz. Ich hatte etwas Sorge, dass du es dir anders überlegen könntest. Daher habe ich dich nicht so ganz in meine Pläne eingeweiht. Aber das hier könnte eine wirklich besondere Reise werden und uns allen guttun.«

Frederic sah etwas unruhig aus, Fiete gelassen wie vorher schon, Luisa war verwirrt. Nicht dass das völlig ungewöhnlich war, jedoch kann man sagen, dass es gerade noch ein bisschen mehr war als sonst. Und so beobachteten sie alle, wie Oma die alte Kamera einstellte, irgendetwas an der Linse hin- und herdrehte. Sie hob den Kopf und forderte Fiete auf: »So, und nun fahren wir unter dem Eiffelturm durch.«

Fiete meinte trocken: »Elsa, da muss ich dich enttäuschen. Siehst du da die Absperrung? Das geht nicht.«

Oma sah unzufrieden aus und wedelte mit der alten Karte herum. »Blödsinn. Hier geht die Straße wunderbar durch. Das muss ein Fehler sein. Stell mal diese Barrikaden weg. Die sind doch nicht einmal festmontiert.«

»Das tut mir leid, Madame. Das geht nicht!« Fiete verschränkte die Arme.

Mittlerweile hupten einige Autofahrer, weil sie mit dem Rollstuhltaxi doch etwas unorthodox am Straßenrand standen.

Elsa sah ihn streng an. »Das muss einfach gehen! Fiete, du musst jetzt nicht auf deine alten Tage allzu korrekt werden. Benimm dich wie ein Rocker von den Hells Angels und räum das Zeug weg.«

Fiete sah sie an. »Elsa, du meinst das jetzt ernst?«

»Absolut ernst.«

Fiete runzelte kurz die Stirn, dann stieg er aus, steuerte mit schweren Schritten auf die Gitter zu und schob sie eins nach dem anderen zur Seite. Ein paar Touristen beäugten ihn interessiert und linsten dann neugierig zu dem Rollstuhltaxi, das mit laufendem Motor zwischen einigen Schaulustigen dastand. Sie konnten beobachten, wie er mit mehreren der Anwesenden sprach. Zögernd verließen sie den Bereich unterhalb des Eiffelturms. Dann kehrte er zurück. Oma hielt die Kamera hoch und forderte Fiete auf: »Fahr!«

Er bog auf den Straßenstreifen, der auf den Eiffelturm zulief, an dem sich nun am Rand ein paar neugierige oder auch empörte Touristen versammelt hatten. Langsam rollte er unter dem monumentalen Bauwerk durch, während Oma den Fotoapparat bediente.

Und dann?

Nichts.

Fiete stoppte den Wagen und alle schauten Oma fragend an. »Nun ja, jeden Tag fahre ich auch nicht mit einem Taxi durch den Eiffelturm. Aller Anfang ist schwer. Mach's noch mal, Fiete! Setz einfach zurück.«

Mittlerweile protestierten nicht nur die Touristen, es rückte auch noch die Gendarmerie an. Fiete hatte nun doch leichte Schweißperlen auf der Stirn, Frederic klammerte sich an den Wagengriffen fest und Luisa krallte ihre Finger nervös in ihren Rucksack. Oma hatte ja schon so manches gemacht. Aber das hier übertraf dann doch alles. Ob sie bereits dement war, wie Luisas Mutter manchmal vermutete? Fiete rollte vorsichtig wieder rückwärts. Oma betätigte wieder ihren alten Fotoapparat. Hatte sie es sich nur eingebildet? Da war ein kurzer Ruck im Wagen und so etwas wie ein leichter Blitz, der das stählerne Gerüst entlangfuhr? Doch als sie wieder zum Stand kamen: Alles wie vorher. An den Wagen trat nun ein Polizist heran und sprach mit ruhiger, aber energischer Stimme. Auch wenn Luisa nicht gut Französisch konnte, es konnte nur eins heißen, dass diese mehr als seltsame Aktion zu beenden war. Sie alle waren nun nervös geworden, selbst Fiete rutschte unruhig auf dem Fahrersitz hin und her. Nur Oma blieb unbeeindruckt. »Noch einmal. Aller guten Dinge sind drei.«

Fiete zögerte kurz, dann trat er erneut auf das Gaspedal, Oma bediente den Auslöser der Kamera und sie schossen mit einem Klicken und quietschenden Reifen durch den zum Glück immer noch leeren Durchgang unterhalb des Eiffelturms hinweg.

Der Wagen rüttelte und schaukelte, Luisa wurde schwindelig.

Sie schloss die Augen. Erwartete wütenden Protest, das Brüllen der Polizisten, den enttäuschten Ausruf von Oma. Doch nichts. Plötzlich war es eigenartig still. Nur entfernte Stimmen. Und das Klappern von Pferdehufen. Wärmende Sonne streifte sie. Irgendwie roch die Luft sogar anders. Luisa blinzelte. Blickte ängstlich zu Frederic. Der saß da mit weit aufgerissenem Mund. Fiete rief: »Potz Blitz!«

Und Oma? Oma zeigte ein fast lausbübisches Grinsen und sah damit mindestens um zwanzig Jahre jünger aus. Dann blickte Luisa sich um. Sie standen immer noch unter dem Eiffelturm – aber … da war etwas grundlegend anders. Die Kassen waren nicht mehr da, wo sie vorher gewesen waren. Und alles um sie herum sah doch um einiges anders aus. Die gesamte Anlage rund um den Eiffelturm hatte sich verändert. Pferdekutschen zogen vorbei. Eine riesige Weltkugelimitation erhob sich über einem der Gebäude. Wie ein gigantischer Luftballon. Etwas entfernt standen mehrere Herren mit schwarzen Anzügen und Frauen mit langen Kleidern und Sonnenschirmen. Luisa hauchte nur: »Oma … wo sind wir?«

Elsa antwortete keck. »Na, ich hätte gedacht, dass du das erkennst. Wir sind auf der Weltausstellung. 15. April 1900. Voilà. Ich würde mal sagen, das hat geklappt.«

Unmittelbar vor ihrem Taxi stand ein Fotograf. Mit genau so einer Kamera, wie sie Oma besaß, starrte das Auto und sie alle an. »Mon Dieu!«

11. Eine andere Welt

Den ersten Schock halbwegs überwunden, fuhr Fiete vorsichtig los, so weit es die staunenden Zuschauer zuließen.

»Ein Wunder!«

»Eine weiße Pferdekutsche ohne Pferde!«

»Nein, nein, ein Dampfwagen!«, riefen sie. In den verschiedensten Sprachen. Denn immerhin – das hier war die Weltausstellung. An die fünfzig Nationen hatten sich hier versammelt, um sich und ihre Exponate in verschiedenen Pavillons vorzustellen. Ein bemerkenswertes Ereignis, das mehrere Monate dauern sollte. Wie Oma vermutete, war dies hier der erste Tag. Man hielt sie gewiss für einen Teil dieses wirklich außerordentlichen Events.

Als sie es geschafft hatten, sich ein klein wenig aus dem Gewimmel zu entfernen, hielt Fiete in einer Seitengasse an.

Oma wandte sich begeistert an die anderen drei. »Was für ein wunderbares Ereignis, findet ihr nicht auch?«

Erstaunlicherweise war es Luisa, die als Erste Worte fand. Fiete hatte bis jetzt zu viel mit dem Wagen zu tun gehabt und Frederic augenscheinlich die Sprache verloren.

»Ja, ganz sicher … aber mein Gott, Oma. Was, um

Himmels willen, machen wir hier?«

Oma legte den Kopf schräg. »Also, zunächst einmal sind wir diesem grässlichen Januar entflohen, einem Monat, den ich immer schon überflüssig fand. Und dann ist man ja auch nicht jeden Tag auf der Weltausstellung, auf der es im Übrigen eine ganze Menge zu sehen gibt.«

Fiete nickte versonnen. Er konnte es wohl auch nicht so recht begreifen. Frederic war noch kreidebleich, sah aber so aus, als würde er beginnen, sein historisches Gedächtnis zu sortieren, und kritzelte hastig etwas auf seinen Schreibblock. Beide hatten den Vorteil gehabt, wenigstens etwas vorgewarnt worden zu sein. Aber Luisa – Luisa war ungefähr zehn Minuten vorher von der Unternehmung nur vage unterrichtet worden, bevor es sie hundertzwanzig Jahre zurück und drei Monate vorkatapultiert hatte. »Ja, aber wie kann so etwas passieren? … Das gibt es doch gar nicht …«

Fiete räusperte sich. »Elsa, du hattest es Frederic und mir gesagt. Dass es aber wirklich funktionieren könnte – ich gebe zu, ich hab's nicht geglaubt!«

»Ja. Es ist erstaunlich«, gab ihm Oma recht. »Und es funktioniert auch nur unter ganz bestimmten Umständen. Diese Kamera hier … der Eiffelturm … und wir vier.«

»Die Kamera, der Eiffelturm und … wir vier?«, wiederholte Luisa halb ungläubig, halb fasziniert.

»Ja, die Kamera. Ich habe sie schon sehr lange. Sie hat bis zum heutigen Tag gewartet. Ich bekam sie vor vierzig Jahren. Hier in Paris. In diesem Jahr. 1900. Am gleichen Tag. Hier am Eiffelturm. Von Jean. Genauer gesagt Jean Baptiste Lucile. Einem Menschen, der durch die Zeiten wandert …« Elsa bekam verdächtig glänzende Augen und einen nahezu schwärmerischen Ausdruck. Luisa, Fiete und Frederic starrten Oma nur an. Doch sie fuhr unbeeindruckt fort: »Ich war damals schon lange verheiratet, deine Mutter halbwegs erwachsen und da mein guter Heinrich, Gott hab ihn selig, wie so oft beruflich beschäftigt war, habe ich allein eine Parisreise angetreten. Nun – und ich mache es kurz. Paris war schön. Wie immer. Und dann habe ich Jean getroffen. Ich habe mich zuerst über seine Kleidung lustig gemacht. Oh, Sie sehen aus wie einer auf diesen Bildern im Louvre. Und Jean hat geantwortet: Exactement. Auf einem der Gemälde bin ich sogar zu sehen. Ich dachte natürlich, das wäre ein Scherz. Aber nun ja, das war es nicht.«

Elsa machte hier eine Pause. Schien ihren Gedanken nachzuhängen.

Luisa fragte ihre Oma: »Hast du ein Bild von ihm?«

Oma Elsa zögerte. Dann öffnete sie ihr Portemonnaie und zog ein altes verknittertes Foto mit der typischen orange-rötlichen Verfärbung der achtziger Jahre hervor. Alle drei betrachteten es mit gehörigem Interesse. Ein

Mann mit dunklem Haar und einem scharf geschnittenen Gesicht, schwarzen, dichten Augenbrauen; ein leichtes Lächeln umspielte seinen Mund. Aber die Augen und der Blick – ja, was war das für ein Blick? Luisa versuchte ihn zu deuten, konnte es aber irgendwie nicht. War das Charme, Witz oder Tücke? Es war irgendwie alles darin. Aber er sah sehr gut aus. Keine Frage. Die Bilder, die sie von ihrem Großvater kannte, zeigten definitiv einen anderen Mann. Gutmütig ja, aber etwas rundlich und kein Frauenheld. So viel war klar.

Fiete meinte nur: »Oho, Elsa. Da hat dein Mann aber Glück gehabt, dass er dich zurückbekommen hat!«

Frederic äußerte sich nicht, fragte stattdessen: »Dieser Jean kam also aus der Vergangenheit?«

»Ja, so ist es. Er kam aus einer anderen Welt. Aus dem Jahr 1900. Und vermutlich noch woanders her. Wer weiß das schon so genau? Er hat mir Paris gezeigt, das neue und das alte. Und, na ja, er ist … eine wirklich bemerkenswerte Persönlichkeit … anders kann man es nicht sagen … Ich war einen halben Tag hier, er hat mich aber dann samt Kamera wieder zurückgelassen. Am Eiffelturm. Mit der Option, wieder zurückzukehren, wenn ich das wollte. Sollte ich mal etwas länger in die Vergangenheit abtauchen wollen. Aber seine zusätzliche Bedingung war: drei weitere Freunde zu finden, die nichts in der Gegenwart hält und die glücklos sind.« Dabei schaute sie etwas verlegen und halb entschuldigend in die Runde. Frederic sah betreten aus, Fiete gab eine Art zustimmendes Grunzen von sich und grinste dann, Luisa begriff dagegen plötzlich: »Deine Liebe zu Frankreich und dieses Märchen von den vier Glücklosen – das alles hat also mit Jean zu tun?«

»Nun, ein bisschen schon. Wie du siehst. Ich weiß nicht, ob wir Glück und Erfolg finden werden, aber einen Versuch ist es zumindest wert, nicht wahr? Oder vielleicht doch auf das eine oder andere Einfluss nehmen. Das könnte möglich sein. Jean wollte das sogar. Was genau er damit meinte, weiß ich nicht. Er blieb diesbezüglich recht verschwiegen. Aber irgendjemand oder irgendetwas hat ihn angetrieben, das habe ich gemerkt.«

Fiete entgegnete: »Ich glaube nicht, dass wir in der Vergangenheit etwas verändern können oder sich für uns etwas verändert. Andererseits, was kann man schon noch glauben – du hast mit dieser Zeitreise eh alles auf den Kopf gestellt. Hm … Das klingt interessant und auch etwas mysteriös. Hat Jean sonst noch etwas verraten, oder weitere Bedingungen für unsere Reise gestellt?«

»Hm ja«, Oma druckste etwas herum. »Also, außer den Reisebeginn, den wir frei wählen können, können wir wohl Zeitraum und Ort nicht ganz selbst aussuchen, auch bleibt nur ein bestimmtes Zeitfenster. Und – er möchte, dass wir Gegenstände bei unserer Reise sammeln, etwas, mit dem jemand etwas Besonderes geschaffen hat und mit dem auch wir ein ganz kleines bisschen den Lauf der Geschichte verändern können. Er nennt es Glücksmomente. Er sagte damals: nichts hat so viel Macht wie das Glück.«

Luisa sah Oma erstaunt an. »Wir sollen Glücksmomente sammeln? Was genau soll das sein?«

Auch Frederic runzelte die Stirn. »Den Lauf der Geschichte ein klein bisschen verändern? Ist das nicht unzulässig? Also, ich weiß nicht …«

»Ach was. Es schien mir nicht so bedeutsam. Er möchte wohl einfach, dass wir Gegenstände sammeln, die für einen solchen besonderen Moment stehen, sie sollen auch der Schlüssel für die Weiterreise sein. Auch können wir nicht allzu lange bleiben. Ich hielt es dennoch für einen kleinen Preis angesichts der Tatsache, dass er uns etwas so Außerordentliches wie diese Zeitreise ermöglicht … außerdem möchte ich wissen, was es mit diesem Bild auf sich hat.« Dabei nahm Oma ein vergilbtes Foto hervor. Es zeigte einen Platz mit vielen Menschen, die die Arme emporreckten. In der Menge stand ein Mann. Er schien der Einzige zu sein, der sich nicht rührte. »Ich würde gerne wissen, wann und wo das ist … und was genau da passiert …«

»Woher hast du das?«, wollte Luisa wissen.

»Es ist Jean damals aus der Tasche gefallen. Dass ich

es gefunden habe, war ihm allerdings gar nicht recht.«

Frederic besah sich das Foto. »Hm. Das ist wirklich schwierig zu erkennen. Das kann überall sein. Und zu jeder Zeit. Es sieht so aus, als wäre es spät abends im Dunkeln aufgenommen worden. Dadurch kann man nur die Silhouetten und die hochgereckten Arme erkennen. Es kann ein altes Foto von irgendeinem Massenspektakel sein, einer Kundgebung, einem Rockkonzert oder sonst irgendeiner Feier. Nicht einmal die Jahreszeit lässt sich erkennen.«

»Aber warum hast du Jean nicht einfach gefragt? Ihr habt euch doch gut verstanden, dachte ich?«

Elsa legte den Kopf schräg. »Ich weiß es nicht. Aber jetzt will ich es wissen. Auch deswegen möchte ich ihn endlich wiedersehen. Ich habe das Gefühl, dass es wichtig ist und dass es aber etwas ist, das er fürchtet.«

»Das er fürchtet? Wieso?« Frederic wirkte nun vollends irritiert. Oma nickte: »Ja, dieses Gefühl hatte ich die ganze Zeit und ich möchte es nun einfach herausfinden. Das habe ich ihm auch mitgeteilt. Ich habe auch diese unbestimmte Ahnung, es hat etwas mit uns zu tun.«

»Mit uns? « fragte Luisa verblüfft.

»Ja. Ich kann es nicht genau sagen. Aber als ich das mit dem Foto wieder ansprach, antwortete er nur: Passt gut auf euch auf!«

»Aber wie das? Hattest du mit ihm vorher Kontakt?«

Oma kicherte. »Ja, natürlich. All die Jahre. Wir … haben uns Briefe geschrieben.«

»Briefe geschrieben?« Fiete, Frederic und Luisa stellten diese Frage fast gleichzeitig.

»Ja. Warum auch nicht. Da gab es immer eine Menge zu erzählen. Er hat von seinen Zeitreisen erzählt und ich von der Gegenwart.«

»Ja, aber, wie schreibt man sich mit einem Zeitreisenden?«, wunderte sich Luisa.

»Och, das ist ganz einfach, man schreibt den Brief und schickt ihn an die richtige Adresse ab. Sie gingen alle postlagernd nach Paris und wie auch immer – sind bei Jean angekommen. Und auch ich habe seine Briefe bekommen. Und er ist ein ausgezeichneter Briefeschreiber. Das muss man sagen.«

Alle schwiegen eine Weile. Verwirrt, verwundert. Jeder dachte auf seine Weise darüber nach. Insbesondere diese Sache mit dem Foto war mehr als mysteriös, wenn nicht sogar etwas beängstigend.

Durch die Gasse fuhr eine kleine Droschke. Der Kutscher und die Insassen beäugten das Rollstuhltaxi mit dem gleichen Erstaunen wie schon die Menschen am Eiffelturm. Frederic fragte: »Verstehe ich das richtig? Das heißt also, dieser Jean ist jetzt hier? Und du warst genau an diesem Tag im Jahr 1900 schon mal hier?«

Oma nickte.

»Und du weißt aber noch nicht, wann und wohin uns Jean noch schicken wird?«, hakte Luisa nach.

Oma zuckte die Achseln. »Das weiß ich nicht. Aber ich denke, das werden wir erfahren.«

Der Zeitenwandler

Warum ich immer wieder so gerne nach Paris zurückkehre, weiß ich auch nicht. Ja, es ist wohl, weil es die Stadt der Liebe ist. L'amour. Die Liebe. Sie taucht alles in Zuckerguss. So süß. So wunderbar. Und diese Stadt verkörpert dies in besonderem Maße. Immer wieder bis in die Gegenwart hinein, obwohl schon längst der Tourismus und Kommerz, Dreck und allerlei sonstige Probleme dies überlagert haben. Aber dennoch zieht diese Stadt mich immer wieder magisch an. Gerade zur Belle Époque. Was für eine Zeit! Aufbruch, Moderne, Optimismus, Sorglosigkeit. Die Boulevards, Cafés, Cabarets. Ein Meer der Verführung und der Zerstreuung. Also ganz und gar meins.

12. L'Exposition Mondiale

Nachdem sie das auffällige Taxi im Hinterhof eines leerstehenden Gebäudes abgestellt und mit einer Plane etwas abgedeckt hatten, zogen sie los, um die Weltausstellung zu erkunden und Jean Baptiste Lucile zu suchen. Wer nun denkt, das wäre im Paris des Jahres 1900 sehr viel einfacher gewesen als heute, irrt gewaltig. Tausende Besucher waren zur Eröffnung gekommen und die Stadt schien aus allen Nähten zu platzen. Alle wollten die Wunder dieser Ausstellung sehen. Selbst wenn unsere vier Zeitreisenden einen Technikvorsprung von einhundertzwanzig Jahren hatten, waren auch sie von dem, was sich ihnen bot, überwältigt.

Es gab einen fahrbaren Bürgersteig, so ähnlich wie heutzutage in Flughäfen, dennoch sensationell. Und es war der erste Tag der Pariser Metro. »Ist das hier die erste U-Bahn überhaupt?«, fragte Luisa beeindruckt. Frederic konnte seine Geschichtskenntnisse anbringen: »Nein. Die erste war in London. Dennoch, es ist schon außerordentlich, den ersten Tag der Pariser Metro miterleben zu dürfen.«

»Allerdings ist sie noch nicht rollstuhlgerecht.« Oma schaute mit Bedauern die Treppenstufen herunter.

Elsa, Luisa, Frederic und Fiete bahnten sich staunend

ihren Weg durch einen Pulk an Menschen, die fast alle im feinsten Sonntagsstaat gekommen waren. Die Damen mit langen schwarzen Roben und aufwendigen Hüten, die Herren im Frack und Zylinder. Die wenigen Blicke, die nicht den neuen Sensationen galten, trafen die vier mit Verwunderung. Waren sie doch selbst für neuzeitliche Verhältnisse ein ganz und gar seltsames Gespann: Oma im Rollstuhl, die Kleidung eher burschikos wie immer, die Haare wüst aufeinandergetürmt, Fiete in seiner Lederkluft, Luisa und Frederic eher im Graue-Maus-Look, beide in Sweatshirts und Jeans und dennoch eben sehr abweichend vom Dresscode des angehenden 20. Jahrhunderts.

Jedes der vertretenen Länder präsentierte sich auf seine eigene Art. »Das ist wie der Grand Prix Eurovision de la Chanson, nur mit Erfindungen und Gebäuden«, bemerkte Fiete, nachdem sie einen Blick in die große Ausstellung geworfen hatten und ins Schweizer Dorf kamen, das besonders viele Schaulustige anzulocken schien. »Ausgerechnet *du* siehst dir diesen Schlagergesangscontest an?«, fragte Frederic mit einem gewissen Naserümpfen.

»Ähm ja, warum nicht? Da gibt es auch längst nicht nur Schlager.« Fiete schien dennoch etwas verlegen. Dann wandten sie sich wieder der Schweizer Darbietung zu. Die Frauen tanzten und sangen, eine Demonstration

Schweizer Folklore in Trachten, und auch der Schweizer Pavillon setzte sich stilistisch stark von den anderen Gebäuden ab. Frederic nickte ernst. »Ja, vor allem 1889 war bei der Weltausstellung hier das *Village negre* äußerst bedenklich. Die Menschen wurden damals ausgestellt, als wären sie Zootiere. Auch bei dieser Exposition ist vieles zu überdenken. Es ist eine Völkerschau mit Klischees und auch rassistischem und höchst diskriminierendem Hintergrund.«

»Mein Gott! Das habe ich nicht gewusst.« Oma war nahezu verstört und peinlich berührt.

Fiete grinste. »Da war der Blick der jungen Elsa damals wohl etwas verklärt.«

»Pah, ich war da schon nicht mehr jung, mein Lieber, sondern bereits über vierzig. Aber mit der Verklärung – da mag was dran sein. Vierzig Jahre sind eben vierzig Jahre.«

»… und dann war da ja auch dieser Jean Baptiste, n'est-ce pas?«, neckte Fiete sie. Luisa beobachtete, wie Oma etwas errötete und machte sich dabei so ihre Gedanken. Oma und ein Zeitreisender, vor vierzig Jahren! Als Opa noch lebte und ihre Mutter ungefähr so alt war wie Luisa jetzt. Das war schon ziemlich verrückt.

Luisa wandte sich an Elsa. »Was ist jetzt mit Jean? Hast du irgendeine Idee, wo er sein könnte?«

»Ja, ich hoffe, wir könnten ihn vielleicht im Montmartreviertel finden! Dort hat er sich wohl oft aufgehalten.«

»Montmartre? Oh ja!« Luisa war mehr als angetan von der Idee. »Ist er auch ein Künstler?«

»Ach, so genau weiß ich das gar nicht. Aber in jedem Fall ein Lebens- und Zeitreisekünstler.«

Auf dem Weg zum Montmartre-Viertel versuchte Frederic, seinen Begleitern etwas Geschichtsunterricht zu geben. »Montmartre war damals ein Treffpunkt der Künstlerelite. Das eigentlich anrüchige Viertel – ihr wisst schon, das Moulin Rouge und so – nun, es war jedenfalls noch nicht Tourimeile wie heute, sondern Anziehungspunkt für all die Künstler, die wir auch heute noch schätzen: Toulouse-Lautrec, van Gogh und so weiter.«

Luisa wurde ganz aufgeregt. Denn die Liebe zu diesen Malern hatte ihr Oma Elsa mit ihren Erzählungen von Frankreich und Paris gewissermaßen eingeimpft.

»Die könnten wir also alle hier sehen? Das ist ja der Wahnsinn!« Luisas sonst so blasse Wangen bekamen dabei einen rosa Schimmer. Elsa betrachtete ihre Enkeltochter zärtlich: »Ich sehe, dir bekommt unsere kleine Zeitreise bereits jetzt recht gut.«

13. Montmartre

Die armseligen Häuschen und Hütten, die sie auf ihrem Weg passierten, hatten so gar nichts mit der Postkartenidylle des touristischen modernen Montmartre zu tun. Wäsche hing vor den Fenstern, es roch modrig, magere, zerlumpte Kinder spielten in den Gassen Verstecken, und Frauen schleppten gebeugt ihre Tageseinkäufe nach Hause.

»Va -t'en idiot!«

Sie standen vor einem kleinen unauffälligen, leicht heruntergekommenen Haus, da flogen ihnen die Tür, dann ein Junge mit hochrotem Kopf und ein Farbeimer fast gleichzeitig entgegen. Als die blaue Farbe von Fietes Lederkluft herabtropfte, stieß er einen ordentlichen Fluch aus. Wie er ihnen überhaupt mit gewisser Skepsis in das Künstlerviertel gefolgt war. Vielleicht konnte er sich für Omas Zimtplätzchen, die Musik des Grand Prix Eurovisions Contest und für Fahrzeuge aller Art begeistern – doch die Begeisterung für die Impressionisten des angehenden 20. Jahrhunderts schien sich bei ihm noch in Grenzen zu halten.

Bevor sie weiter darüber nachdenken konnten, trat ihnen ein dunkelhaariger, wütender Mann entgegen, der sie mit seinen braunen Augen funkelnd ansah, als wären sie der Anlass für seinen Wutausbruch. Doch dann stutzte er und betrachtete die vier interessiert. Sein Blick blieb vor allem an Luisa hängen. »Kommen Sie zum Aktzeichnen? Hm, Sie sind etwas seltsam angezogen, aber die Kleidung spielt dabei selbstverständlich keine Rolle.«

Luisa wurde knallrot, Frederic verzog leicht den Mund, Fiete runzelte die Stirn, aber Oma – die lachte lauthals auf. »Denkt mal bloß. Wir auf einem Bild von 1900. Wir könnten berühmt sein. Und das Beste – selbst wenn wir splitterfasernackt wären – uns würde so schnell keiner erkennen.«

Der Maler schaute Elsa verwirrt an, denn er hatte vermutlich kein Wort verstanden. Frederic beäugte hingegen interessiert das Bild, das auf der Staffelei stand. Hier war jemand offensichtlich noch in seiner frühen Kunstphase. Abstrakt war dieses Bild keineswegs. Gut erkennbar: Eine ziemlich spärlich bis gar nicht bekleidete Dame und ein einzelner blauer Pinselstrich. »Tout est perdu! Er hat die falsche Farbe gebracht!«

Elsa jedoch legte den Kopf schräg. »Mein Lieber, wenn Sie mich fragen, so ein Akt kann auch einmal blau sein. Das sieht sogar sehr interessant aus.«

Der Maler, der sich ihnen mit Diego vorstellte, schien intensiv über diesen Vorschlag nachzudenken, und weil er Oma nun für eine herausragende Künstlerin hielt, lud er sie und ihre Begleiter prompt dazu ein, mit ihm zu malen.

Während sich Elsa nicht schwer damit tat, hurtig zu Pinsel und Farbe zu greifen, standen die anderen drei etwas unbeholfen da. Also forderte sie als erstes Luisa dazu auf, mitzumachen, und allen wurde klar, dass Oma damit noch viel mehr meinte als nur das Malen. »Na los! Hol dir einen Topf Farbe und mal dir das Leben bunt. Sei frei und frech und tue all diese Dinge, von denen du meinst, dass sie nicht gingen, die du aber tun möchtest, bevor es zu spät dafür ist. Widersetze dich Zeit und Raum und lasse die Dinge geschehen.«

»Und du denkst, das geht einfach so?«

»Ja, es geht, sobald du loslässt, sobald du sagst: Egal, was daraus wird. Ich habe meinen Spaß. Und den hast du, in dem Moment, da du nicht mehr nach dem Warum und Wofür und was wird daraus, fragen wirst.«

»Okay, dann …?«

»Ja, ich meine: Do it! Mach es einfach!«

Letztendlich vergaßen sie über der Malerei fast die Zeit und ihr eigentliches Anliegen. Da der Junge noch mehr von der unerwünschten blauen Farbe mitgebracht hatte, malten sie alles in Blau: Fiete malte eine blaue Harley, Luisa eine blaue Katze, Frederic eine blaue Frau und Oma – Oma einen blauen Jean Baptiste Lucile. Frederic gelang es, zu verhindern, dass Luisa noch einen weiteren Farbeimer verschwendete, indem sie ihn beinahe umstieß. Damit ging das Ganze auch recht friedlich und nett vonstatten. Sogar mehr als das. Es lag etwas fast Andächtiges in ihrem Tun. Wenn man in ihre Gesichter schaute, spiegelte sich darin eine fast vollkommene Zufriedenheit und eine stille, aber tiefe Freude. Man kann sehr wohl sagen, dass es ein erster, fast vollkommener Moment des Glücks auf ihrer Zeitreise war. Vielleicht gerade, weil er so völlig selbstvergessen, nicht geplant und ohne jegliche Absichten war.

Als sie die Pinsel säuberten, steckte Elsa heimlich ihren ein. Alle betrachteten zufrieden und mit einem gewissen Erstaunen ihre Werke. Erst dann erkundigte sich Elsa endlich: »Wissen Sie zufällig, wo Jean Baptiste Lucile ist?«

»Ahhh … Jean Baptiste – il a disparu …«

»Er ist verschwunden? Oh, seit wann?« Oma Elsa war sichtlich enttäuscht. Doch der Maler schien diese Frage nicht als genauso bedeutend einzuordnen. Etwas unwillig antwortete er auf Französisch: »Seit wann? Seit wann? Was weiß ich. Seit gestern. Seit heute. Wer weiß das schon so genau? Fragen Sie einfach mal in der Gegend nach. Vielleicht ist er ja doch noch irgendwo. Das Pigalle ist allemal ein guter Ansatz.«

Das war nicht ganz das, was Elsa hören wollte.

Fiete zuckte die Achseln und meinte dann aber beruhigend zu Oma: »Wir werden ihn schon finden.«

14. Pigalle

Es war bereits dunkel, als sie vor dem legendären Moulin Rouge ankamen. Diego hatte sie noch mit etwas passenderer Kleidung ausgestattet. In seinem Atelier fanden sich so einige Roben, die davon zeugten, dass seine Modelle ab und an auch bekleidet antraten. Allein Fiete wollte auf seine Rockerkluft nicht verzichten. Die blaue Farbe hatte sich zum Glück wieder entfernen lassen. Erstaunlich war, dass Diego nicht nachfragte, wie es zu dem für das Jahr 1900 ungewöhnlichen Aufzug der vier kam. Ob das an der Zerstreutheit des Künstlers lag oder es einfach keine Bedeutung für ihn besaß, war schwer zu sagen.

Oma hatte bei ihm noch vorsorglich ein paar ihrer Goldmünzen in französische Francs umgetauscht und konnte somit den Eintritt bezahlen. Auch hier gab es keine Nachfragen des Malers.

Nun ja, sie sahen wohl immer noch nicht so aus, wie man das im Moulin Rouge erwartete. Mit einem leicht skeptischen Blick ließ man sie dennoch ein: zu aufgeregtem Gelächter, schnatternden Damen, erwartungsvollen Herren, Musik und einem vollen Saal. »Wie um Himmels willen sollen wir hier Jean finden?«, zischte Luisa ihrer Oma zu, die von Fiete im Rollstuhl durch die Reihen geschoben wurde und dadurch die Blicke auf sich zog. Dass Luisa mehrmals über den Saum ihres langen Kleides stolperte, machte es nicht besser. »Wir sind hier richtig. Die Mühle. Das stand auf dem Zettel.«

»Du meinst den alten Zettel, der auf deinem Nachttisch lag? War der von Jean Baptiste?«

»Ja, der war von Jean. Und ich kenne ihn auswendig. Seit vierzig Jahren: *Wir werden uns wiedersehen, eines Tages, der trügerischen Zeit zum Trotz. Wenn Sie mich finden wollen, gehen Sie zum Eiffelturm und besuchen die Weltausstellung, Montmartre und die Mühle*. Genau das stand da. Ich vertraue Jean. Mit der Mühle muss das Moulin Rouge gemeint gewesen sein. Warten wir einfach ab.«

Der schwere rote Samtvorhang öffnete sich und staunend ließen sie sich von der Show davontragen. Ihnen waren diese Bilder der jungen Damen, die ihre Beine und langen Röcke schwangen und die weißen gerüschten Pluderhosen zeigten, bekannt. Sie jedoch in Echt zu erleben, war absolut etwas anderes. Fiete schien seinen besonderen Gefallen an den hübschen Damen zu haben. Oma knuffte ihn in die Seite: »Na, das gefällt dir wohl Fiete, nicht wahr? Ist ja fast wie der Grand Prix.« Luisa hingegen wurde sich des ungewohnten Kleides gewahr, das ihr Diego gegeben hatte. Eigentlich zog sie sonst nie Kleider an und wenn, dann kam sie sich darin etwas seltsam vor. Es kratzte irgendwie und schnürte sie auch in der Magengegend ein, obwohl sie wirklich sehr schlank war.

Frederic schien es ähnlich zu gehen. Er zupfte nervös an seinem Hemdkragen herum und auch die Schuhe waren ihm wohl etwas zu eng, denn er schob seine Füße ständig hin und her und schnürte die schwarzen Ledertreter ein paar Mal neu. Dann setzte sich eine der Kokotten frech auf seinen Schoß und flüsterte ihm irgendwelche amourösen Worte ins Ohr. Frederic fühlte sich damit äußerst unwohl. Fiete amüsierte sich dagegen köstlich. »Oh mein Gott, Frederic, mein Guter. Mach dich mal locker. So wird das nie was mit dir.« Luisa hingegen war heilfroh, dass Frederic nicht auf die Avancen der Frau einging. Alles andere hätte sie gestört. Warum auch immer.

Als einer der Kellner vorbeikam, erfasste Oma die Gelegenheit und fragte nach Jean Baptiste Lucile. Oma war ein durch und durch positiver Mensch und nicht schnell zu entmutigen. Doch als dieser nur mit den Schultern zuckte und meinte, Jean Baptiste wäre heute wohl nicht da, sah sie doch arg enttäuscht aus. Aber kurze Zeit später kam der Kellner zurück und fragte, ob sie Madame Elsa wäre. Oma bejahte dies erstaunt und so überreichte der Mann ihr einen Briefumschlag. Elsa öffnete ihn aufgeregt, zog einen Zettel heraus, las ihn, las ihn nochmals, und stieß dann einen kurzen, aber gut hörbaren Seufzer aus, der die vor ihnen sitzenden Zuschauer aufschreckte.

»Ist er von Jean Baptiste?«, fragte Luisa.

»Ja, ist er.«

»Und?«

»Er ist weitergereist und will, dass wir nachkommen.«

»Wohin?«

»Das verrät er nicht.«

»Wir sollen ihm nachreisen, obwohl wir nicht wissen, wo es hingeht?« Fiete runzelte die Stirn. »Hmm … Aber wie kommen wir dahin? Wir sind noch keinen Tag im Jahr 1900. Und jetzt sollen wir an ein unbekanntes Ziel und in eine Zeit, die wir noch nicht kennen? Müssen wir wieder mit dem Rollstuhltaxi durch den Eiffelturm fahren?«

Elsa schüttelte lachend den Kopf.

»Nein. Das geht wohl nicht. Aber Jean erklärt es. Moment. Ich lese es vor. *Wenn Sie in der Belle Époque etwas gefunden haben, das für alle besonders war, dann gehen Sie zum deutschen Pavillon. Sie erkennen ihn an den auffälligen bunten Malereien an der Gebäudefront. Er liegt zwischen dem spanischen und norwegischen Pavillon. Sehen Sie sich die Ausstellung an und besorgen Sie etwas, das garantiert aus Deutschland kommt, damit fahren Sie zum Arc de Triomphe, benutzen den Fotoapparat und dann – allez hopp.*«

Luisa amüsierte das höfliche Sie in dem Schreiben, an

dem Elsa sich aber nicht weiter zu stören schien. Frederic zog die Stirn kraus. »Also, ich weiß nicht. Okay, das hier ist alles völlig unverständlich. Aber wie können wir sichergehen, dass wir nicht in einer Zeit landen, in der wir so gar nicht sein wollen? Vielleicht läuft was falsch und wir landen ganz woanders.«

Fiete gab Frederic recht. »Stimmt, warum wir vom Januar genau in den April 1900 gekommen sind, verstehe ich auch nicht. Aber diese Aktion erscheint mir noch undurchsichtiger. Ein Gegenstand aus Deutschland. Und dann der Triumphbogen. Warum reicht denn diesmal der Eiffelturm nicht? «

Doch Oma hatte die Ruhe weg. »Bisher hat es doch fantastisch geklappt. Also warum sollte es nicht wieder funktionieren? Der Fotoapparat gehört Jean. Er stellt damit die Verbindung her. So hat er es damals erklärt.«

Fiete schien mit der Erklärung aber nicht ganz zufrieden. »Also, ich weiß nicht. Entscheidend bleibt ja noch, wann Jean uns diese Nachrichten geschrieben hat. Hat er sie gerade erst geschickt oder vor einiger Zeit schon, vor einem Jahr oder … ähm, einhundertzwanzig Jahren …?«

Luisa schwirrte der Kopf. Dieses Zeitreiseding war aber auch kompliziert. Sie fragte sich gerade, ob sie nicht doch sicherer aufgehoben wäre bei Chomsky, Charleen, Wolfi und Hanna. Andererseits verspürte sie so ein unbestimmtes Kribbeln angesichts der Ungewissheit, aber auch der Möglichkeiten, die diese Reise vielleicht noch bringen könnte. Fiete unterbrach ihre Gedanken, indem er fröhlich zum Aufbruch riet: »Na los, dann lasst uns diesen deutschen Pavillon suchen!« Elsa entgegnete jedoch: »Also … Erstens: Wenn ich schon mal im Moulin Rouge bin, werde ich hier nicht sofort wieder aufbrechen. Und zweitens: Zum deutschen Pavillon zu gehen, wird zu so später Stunde nicht funktionieren. Der ist geschlossen. Und ich bin auch müde. Wir sollten uns eine Übernachtungsmöglichkeit suchen und es morgen früh machen.« Ihre lange Konversation hatte so einige ungehaltene Blicke nach sich gezogen.

So folgten sie vorerst schweigend Omas Wunsch und sahen sich die Darbietungen weiter an. Kurz vor Schluss wurde Fiete von einer der Damen auf die Bühne gezogen, um zu tanzen. Als er dann anfing, seine eigenen »Moves« einzubauen, wurden allerdings Elsa, Frederic und Luisa wieder schlagartig wach. Frederic rief: »Oh mein Gott! Seht ihr das, was ich auch sehe?«

Oma johlte. Luisa starrte auf die Bühne. Sie kannte das nicht. In dem Fall vielleicht eine Gnade der späten Geburt. Fiete hatte die Arme angewinkelt und hob sie rauf und runter und hakte dann eine der Tänzerinnen unter, um sich mit ihr im Kreis zu drehen. »Was ist das?«

Oma erklärte ihr unter Kichern: »Das … ist .. . der … Ententanz!«

»Einer der großen Irrtümer der Achtziger Jahre!«, ergänzte Frederic. Luisa erwiderte: »Dieser Irrtum scheint ihm aber Spaß zu machen und den Damen auch! Wenn Fiete nicht aufpasst, wird das noch Geschichte schreiben.«

Frederic nickte nun auch amüsiert. »Fiete, le canard de la Belle Époque.«

15. La Maison

Als der Spaß zu Ende war und sie vor der Mühle im Dunkeln standen und sich umsahen, wurde ihnen klar, dass es gar nicht so einfach sein würde, hier im Pigalle-Viertel eine Übernachtung zu finden. Zumal zur Zeit der Weltausstellung, in der die Stadt mit Gästen überfüllt war. Sie zogen die Straßen entlang und fragten hier und da, doch immer mit der gleichen Antwort: »Alles besetzt!« Es kam ihnen fast so vor wie bei der Herbergssuche in der Weihnachtsgeschichte. Erschöpft wollten sie sich auf den langen Rückweg zum Rollstuhltaxi machen, um wenigstens im Auto schlafen zu können. »Das ist recht weit. Vielleicht können wir eine Droschke bis dorthin nehmen.« Oma nahm ihre Geldbörse heraus und zählte die bei Pablo eingewechselten Münzen durch. Da sprach sie eine junge Frau an, die dort in einem Hauseingang lehnte. Keiner von ihnen verstand sie so schnell, noch wussten sie, was sie antworten sollten. Doch schien es für die junge Frau keine Bedeutung zu haben. Mit einem Lächeln zu Fiete und Frederic und einem leicht mitleidigem Blick zu Luisa und Elsa meinte das Mädchen mit dem roten langen Kleid und den roten Lippen nur: »Viens avec moi«, und so folgten sie neugierig der Unbekannten.

Goldverzierte Kristallleuchter, mit buntem glänzenden Samt bezogene Wände, prunkvolle barocke Bilder, Musik aus einem Grammophon, flüsternde junge Damen und Herren. Hohe goldene Statuen, kleine Sitzecken mit verschnörkelten Holzlehnen und bunten Seidenkissen. Mitten im Raum war auch ein Brunnen, in dessen Becken mehrere Sektflaschen gekühlt wurden. Staunend betrachteten sie alle vier diesen dekadenten Raum, den sie in dem von außen eher schlicht wirkenden Stadthaus gar nicht erwartet hatten. »Wow!« Fiete stand da wie angewurzelt, das rotgekleidete Mädchen lächelte ihn an. Auf so eine Art und Weise, dass es ihm ganz anders wurde. Frederic war wie vom Donner gerührt und Oma pfiff durch die Zähne. Luisa klammerte sich an Omas Rollstuhl fest und war vielleicht die einzige, die sich etwas deplatziert fühlte und daher ängstlich fragte: »Wo sind wir hier?«

»Bienvenue à la Maison. Je suis Manon.« Die Antwort kam von einer blonden Frau in einem langen weißen Kleid, das tiefe Einblicke in ihr beeindruckendes Dekolleté zuließ. Zuvor hatte ihr das Mädchen etwas zugeflüstert, das Manon erst die Augenbrauen heben und dann aber lächeln ließ. Sie forderte dazu auf, ihr zu folgen. Luisa entging nicht, dass sie kurz Fietes Lederjacke berührte und dabei »Magnifique« murmelte. Sie führte sie eine Treppe hinauf. Dabei betrachtete Luisa erstaunt die Bilder, die sie auf dem Weg nach oben begleiteten. Umso mehr, als Frederic erklärte, das ein oder andere wiederzuerkennen.

»Wenn ich mich nicht irre, ist das hier ein Toulouse-Lautrec. Ja, man sagt, dass er hier mit seinen Bildern bezahlt hat …«

Luisa sah ihn erstaunt an: »Er hat hier mit seinen Bildern bezahlt? Was denn?«

Frederic grinste und warf einen Blick zu den jungen Damen im Hotel. »Tja … Kost und Logis und noch das ein oder andere mehr …«

Oben angekommen, eilte die Frau dann an ein paar verschlossenen Zimmern vorbei, öffnete hier und da eine Tür und schloss sie wieder schnell.

»Voilà!« Schließlich trat sie zur Seite und gab den Blick frei auf einen großzügig eingerichteten Raum mit Samtvorhängen, einem riesigen Himmelbett, einer Chaiselongue und einer goldenen Badewanne. Auf einem Tisch stand eine große Etagère mit Obst und Käse, daneben ein Brotkorb und eine Karaffe mit Wein. Noch dazu gab es so kleine entzückende Blätterteigpasteten, die unbeschreiblich gut dufteten.

Oma Elsa schnappte kurz nach Luft. Dann posaunte sie übermütig heraus: »Kneift mich mal. Also, wenn ich bei dieser Zeitreise unbemerkt gestorben bin und das hier ist das Himmelreich – dann ist es ja mal gar nicht so schlecht. Gebt mir die Flasche Wein, eins von diesen duftenden Törtchen und ich schlafe heute Nacht gerne in dieser goldenen Badewanne. Fiete und Frederic, ihr könnt in dem Himmelbett schlafen. Und Luisa, du bist so klein und zierlich, für dich reicht gewiss die Chaiselongue.«

Doch die weißgekleidete Dame schüttelte den Kopf und wies Frederic und Fiete an, mit ihr zu kommen. Auch die beiden erwartete ein luxuriöses Zimmer, das jedoch anders ausgestattet war. In den Ecken standen griechische Statuen und in der Mitte war ein riesiger Diwan.

»Was um Himmels willen …« Frederic war das alles nicht ganz geheuer. Er beäugte kritisch die spärlich bekleideten Marmorgöttinnen und dann das Bett. Fiete hingegen war deutlich zufriedener und er registrierte auch den dezenten Hinweis, den er mit einem Augenzwinkern mitgeteilt bekam. Bevor sie die vier alleine ließ, wisperte die Frau nämlich kaum hörbar auf französisch: »Wir haben auch nettere Gesellschaft für Sie. Monsieur Lucile hat gemeint, es soll Ihnen an nichts fehlen.«

Als sie aus dem Zimmer rauschte, murmelte Frederic vor sich hin: »Lucile haben wir das hier also zu verdanken … aha …«

Sie aßen alle noch. Oma verzichtete zwar auf die goldene Badewanne, gönnte sich aber noch die halbe Karaffe Wein, und Fiete – der schlich sich noch einmal mit unbestimmtem Ziel davon. Obwohl todmüde, konnten jedoch sowohl Frederic als auch Luisa nach diesem wundersamen Tag nicht einschlafen und so trafen sie draußen vor den Treppenstufen des ebenfalls recht wundersamen Hotels La Maison aufeinander.

16. Ein nächtliches Gespräch

Luisa ergriff als Erste das Wort: »Das ist ein seltsames Haus, nicht wahr? Dieser ganze Luxus, diese Frauen und die Geräusche in den Zimmern.«

Frederic lachte. »Ja. Kann man so sagen.«

»Ist es … ähm … wie soll ich sagen …?«

»Ja. Ist es … aber von der besonders teuren Sorte.«

»Oh mein Gott …« Luisa kicherte.

Dann schwiegen sie und schauten in den nächtlichen Pariser Himmel des Jahres 1900.

»Was würdest du dir wirklich auf dieser Zeitreise wünschen? Hierbleiben, nie wieder zurückkehren?«, fragte Luisa nach einer Weile.

»Nein. Im Jahr 1900 will ich echt nicht bleiben. Zumal man ja schon weiß, was alles noch kommt. Noch spannender fände ich die Zwanziger Jahre, für die freilich das Gleiche gilt. Mit dem Wissen, was danach kam, möchte man da auch allerhöchstens nur kurze Zeit Gast sein. Mit den Sechziger Jahren sieht es vielleicht anders aus. Die würden mich noch weitaus mehr reizen. Und ja, so richtig Lust, in die Gegenwart zurückzukehren, habe ich nicht.«

»Wegen deiner Frau?«

»Hm ja. Schon ein bisschen …«

Er schwieg eine Weile.

»... und bei dir so? Da müsste doch auch irgendjemand warten?«

»Also, wenn man Wolfi oder Chomsky nicht mitzählt, dann wartet da niemand.«

»Wer sind Chomsky und Wolfi?«

»Chomsky ist mein Kater und Wolfi mein WG-Mitbewohner. Der im Übrigen zurzeit auf Chomsky aufpasst, ohne zu wissen, wie lange ... na ja, ein bisschen passt vielleicht auch Chomsky auf Wolfi auf, damit er nicht zu einsam ist.« Bei dieser Überlegung bekam Luisa prompt etwas Mitleid und ein schlechtes Gewissen.

»Wie kommt man darauf, seinen Kater Chomsky zu nennen? Verfügt er wie Noam Chomsky über besondere sprachwissenschaftliche Kenntnisse?«

Luisa musste schmunzeln. »Wenn man mal davon absieht, dass er für eine Katze ziemlich mitteilsam ist, insbesondere, wenn es um seine Nahrungsaufnahme geht. Nein ... der Name gefiel mir einfach. Wir hatten mal eine Deutschstudentin in der WG, die sich mit diesem Chomsky beschäftigte. Ich fand den Namen irgendwie gut.«

Frederic nickte. »Ja, der hat was. Aber was ist mit Wolfi? Warum vermisst er dich?«

»Na ja. Er gehört zu denen, die mich mögen. Und er ist auch echt nett. Nur mag ich ihn nicht so, wie er mich mag.«

»Das kommt schon mal vor. Aber erzähl trotzdem mal«, entgegnete Frederic und rückte etwas näher zu ihr. Er schien wirklich neugierig zu sein.

»Allzu viel gibt's da nicht zu erzählen. Wolfi ist ein echt netter Kerl. Aber nun mal nicht unbedingt mein Traummann. Also, er ist sehr klein, sehr dünn, und schleicht auch fast immer unbemerkt durch die Gegend. Was natürlich auch daran liegt, dass er meistens nachts arbeitet. Er ist Barkeeper. Weißt du. Irgendwie sieht und hört man ihn kaum.«

Frederic nahm eine Plastikflasche mit Wasser hervor, die er neben sich auf den Treppenstufen stehen hatte. Er bot ihr etwas an, was sie dankbar annahm. »Gruß aus unserer Zeit«, meinte er grinsend, und forderte sie dann auf, weiterzuerzählen.

»Eigentlich wäre Wolfi auch für immer ein unauffälliger netter Kumpel geblieben. Wenn wir nicht eines Tages mit seinen Freunden seinen Vierzigsten gefeiert hätten und … hm … irgendwie hatte ich viel zu viel getrunken. Es war auch schrecklich warm. Und ich hatte plötzlich meinen Schlüssel gesucht. Wolfi hat mitgeholfen. Dazu muss man sagen, dass ich meinen Schlüssel auch suche, wenn ich nicht betrunken bin. Das ist also nicht weiter etwas Besonderes. Nur dass ich dann irgendwann so hinüber war, mich splitterfasernackt ausgezogen habe und einfach eingeschlafen bin. Ohne den Schlüssel zu finden. Was natürlich nicht so schlimm war, weil ich eh vergessen hatte, mein Zimmer abzuschließen. Der Schlüssel war übrigens im Kühlschrank. Warum auch immer. Also … Wolfi ist neben mir eingeschlafen. Ohne dass ich davon irgendetwas bemerkt hätte. Weil er einfach immer unsichtbar ist. Er hat das wohl als eindeutige Liebeserklärung angesehen, aber nun ja, so war das eben nicht gemeint. Ich hab's nur einfach nicht mehr gecheckt. Am Morgen aber haben alle aus der WG und seine Gäste, die bei ihm im Zimmer gepennt haben, gedacht, da wäre sonst was zwischen uns gewesen. Wolfi, der sonst immer unauffällig ist, ist so auffällig wie es nur ging, aus meinem Zimmer stolziert. Das war megapeinlich.«

»Oh je!« Frederic war sichtlich amüsiert.

Luisa kicherte. »Och, ich hätte da noch so ein sensationelles Date. Da war es eher andersrum. Ich war voller Erwartung. Und was hat der Depp gemacht? Er hat mir seine Überraschungseiersammlung gezeigt.«

»Er hat *was*?«

»Na, er hat mir diese kleinen Figuren gezeigt, die immer in den Überraschungseiern drin sind. Mickey-Mäuse, Enten, kleine Weihnachtsmänner, Star-Wars-Figuren. Was auch immer. Er hatte eine stattliche Sammlung davon. Eine ganze Vitrine voll. Als ich mir die hundertste

Figur anschauen sollte, habe ich so getan, als wäre ich eingeschlafen. «

Frederic prustete los. »Also, das ist wahrhaftig mal ein besonderes Date gewesen. Oh mein Gott, Luisa. Hast du noch so Geschichten auf Lager?«

Sie überlegte. »Ja. Eine ganze Menge. Erzähle ich dir vielleicht irgendwann. Manches davon ist aber so dämlich. Da brauche ich vermutlich noch etwas Abstand, um es lustig zu finden.«

»Du bist nicht allein mit solchen Geschichten«, tröstete sie Frederic. »Ich bin und war sogar immer schon ein Held darin, mich absolut lächerlich zu machen. Wolfi hat insofern sehr mein Mitgefühl.«

Luisa wurde neugierig. »*Das* würde ich gerne hören.«

»Okay … also das Dümmste, was ich als Teenager gemacht habe, war, eine Liebeserklärung vor dem Unterricht auf den Overheadprojektor zu legen. Du kennst sie vielleicht nicht mehr. Diese Geräte, die die Lehrer benutzt haben, um den Schülern Arbeitsblätter oder Bilder zu zeigen.«

»Doch, die kenne ich. Aber Liebeserklärungen auf Overheadprojektoren nicht. Das klingt wirklich originell. Erzähl mal!«

»Nun ja. Ich war damals in eine Mitschülerin so richtig verschossen, verstehst du? Und eine leicht poetische Ader hatte ich halt schon immer. Ich gehörte jedoch zu denen, die sich schwer damit taten, andere Mädchen anzusprechen. Aber irgendwann habe ich es nicht mehr ausgehalten und auf diesem Weg die Frage gestellt, ob ich bei ihr Chancen hätte. Natürlich ohne meinen Namen zu nennen. Ich dachte mir einfach, wenn sie genauso fühlt wie ich, weiß sie, wer der Verfasser ist.«

Luisa sah ihn an. Trotz der Dunkelheit konnte sie seine Augen erkennen. Darin lag etwas sehr Warmes und Empfindsames, das sie anrührte. »Ohhh«, flüsterte sie. »Wie romantisch! Und was hat deine Angebetete darauf geantwortet?«

»Nichts. Sie hat mit ihrer Nachbarin geschwätzt und es nicht einmal bemerkt. Dann kam der Lehrer und hat sich über die Sache lustig gemacht. Ich bin vermutlich so rot geworden wie ein Leuchtturm und es war daher auch für lange Zeit meine letzte Liebeserklärung. Danach hatte ich mich auf die Strategie verlegt, mir möglichst nichts anmerken zu lassen, wenn ich wieder in ein Mädchen verknallt war. Was hundertprozentig funktioniert hat. Mal abgesehen von meiner Frau. Aber das ist ein anderes, aktuell kein besonders gutes Thema.«

»Diese Strategie kenne ich. Darin bin ich auch sehr gut. Viele, die ich mal richtig gut fand, haben davon nie etwas erfahren. Trotzdem schade. Das mit dem Overheadprojektor war so eine wunderbare Idee …« Luisa war ehrlich berührt und erkannte in diesem etwas umständlichen und schüchternen Schriftsteller etwas Besonderes, das er sonst wohl verbarg. Eine Weile schwiegen sie. Dann fragte Frederic: »Wenn du hier auf dieser Zeitreise dein großes Glück und deine große Liebe finden würdest, würdest du dann vielleicht hierbleiben?«

Luisa lächelte etwas verschämt, überlegte dann. »Also, da ich nicht so wirklich an die große Liebe glaube, weiß ich das nicht. Und bei meinem Glück würde das vielleicht gerade in einer Zeit sein, in der ich so gar nicht bleiben möchte …«

»Du glaubst nicht an die große Liebe? Das ist schade …«, entgegnete Frederic. »In einer völlig ungünstigen Zeit und Situation zu landen, das könnte mir auch passieren. Ha. Stell dir vor, wir landen mitten im Schlachtfeld.«

»Oder in einem Tsunami.«

»Im brennenden Rom.«

»Auf der untergehenden Titanic.«

»Oder bei der Mondlandung.«

Frederic stutzte. »Warum wäre die Mondlandung schlimm?«

»Na ja. Ich stelle mir vor, ich wäre dabei gewesen. Was natürlich unwahrscheinlich ist. Bei meinem Pech aber – ich würde garantiert den Abflug verpassen und da oben bleiben. Jede Wette.«

»Ja. Das wäre auch übel«, erwiderte Frederic und lachte dann. Er gähnte. »So, ich bin jetzt doch müde. Wir sollten uns noch ein bisschen aufs Ohr legen, bevor uns das Jahr 1900 einen neuen Tag und vielleicht auch eine neue Zeitreise beschert.«

»Ja, stimmt. Ich bin etwas aufgeregt, aber auch gespannt.«

17. Der deutsche Pavillon

Die Morgensonne weckte erst Elsa, dann Luisa, dann Frederic. Fiete, der erst in den frühen Morgenstunden glückselig und mit Lippenstiftspuren zurückgekehrt war, schnarchte munter weiter. Sie machten sich über das Frühstück her, das ein Zimmermädchen servierte. Frederic rüttelte schließlich Fiete wach und hielt ihm ein duftendes Croissant vor die Nase. Auch drohte er, mit Thiemes Rollstuhlfahrten abzuhauen und ihn im Jahr 1900 zurückzulassen, wenn Fiete nicht endlich aufstand. Fiete ließ ein Grunzen vernehmen und wälzte sich auf die andere Seite. »Also, ganz so schlecht ist es hier ja nicht …«, grummelte er in das Kopfkissen.

Frederic entgegnete jedoch: »Wir brauchen dich aber, allein schon, um mit dem Rollstuhltaxi elegant durch den Triumphbogen zu fahren. Und …«, fügte er grinsend hinzu, »zu anderen Zeiten gab es ganz gewiss auch hübsche Frauen. Vielleicht sogar in ehrenwerteren Etablissements.«

Frederic war sich nicht sicher. Aber es schien so, dass Oma es nicht gemerkt hatte, wo sie mit der Hilfe jenes ominösen Monsieur Lucile in dieser Nacht gestrandet waren. Er unterließ es aber, das weiter zu thematisieren. Voller Erwartung und Vorfreude starteten sie an diesem sonnigen Morgen zum deutschen Pavillon, das Rollstuhltaxi wollten sie im Anschluss holen.

Der Pavillon sah genauso aus wie von Jean beschrieben. Ihn zierte ein beeindruckend hoher Turm und das Gebäude glich mit seinen bunten Malereien einem Märchenschloss. Als sie es betraten, überkam sie alle vier dieses Gefühl, als würden sie in ein Bilderbuch einsteigen, etwas tun, was eigentlich gar nicht geht. Wenngleich nur technische Errungenschaften gezeigt wurden, wie die der chemischen Industrie, der Stahlindustrie, des Maschinenbaus und der Automobilindustrie, die sie eigentlich nicht mehr beeindrucken konnten, war es dennoch ein Abenteuer. Während Frederic sich eifrig Notizen machte und alles unter dem historischen Aspekt betrachtete, geriet Fiete mit einem deutschen Gast in eine eifrige Diskussion über Autos und Motorräder. Die Skepsis, dass sich all diese Fahrzeuge durchsetzen würden, war dem Herrn anzumerken. Das spornte Fiete dazu an, über die verschiedensten Motortypen, Pferdestärken und natürlich von seinem Liebling, der Harley Davidson, vorzuschwärmen, nicht berücksichtigend, dass es die Marke im Jahr 1900 noch nicht gab. Der Mann bekam jedenfalls immer größere Augen. »Sie beschreiben das sehr realistisch. Ein Visionär! Das muss ich schon sagen. Sie sollten zu uns kommen. Wir könnten Ihre Ideen gebrauchen.«

Fiete stand da mit stolzgeschwellter Brust. Oma Elsa knuffte ihn etwas in die Seite und raunte ihm zu: »Fiete. Da bekommst du auf deine alten Tage also noch Jobangebote. Frag ihn mal, woher er kommt und ob er eine Visitenkarte hat.«

Dies tat Fiete und erhielt von dem Herrn tatsächlich eine Karte auf feinem Büttenpapier mit der Empfehlung, sich bei ihm zu melden, wenn er wieder im deutschen Kaiserreich wäre. Fiete betrachtete das Kärtchen des Herrn mit Neugierde. Dann musste er grinsen. Der Herr stammte aus dem kleinen Ort Elend in Sachsen. Er zeigte das Kärtchen Oma. »Also, wenn diese Sache schief geht, landen wir in Elend. Das wird bestimmt ein Spaß!«

Da musste auch Frederic lachen. »Oh ja. Ich kenne den Ort. Der Nachbarort heißt Sorge. Auch das klingt nicht nach der reinen Glückserfüllung für uns Pechvögel.«

Auch Oma grinste. »Hey, Frederic, du kannst ja richtig lustig sein. Machen wir uns nicht allzu viele Sorgen. Und versuchen unser Glück!«

Luisa verzog jedoch etwas den Mund. »Aber …« Oma sah sie an. »Was ist los?«

»… also … ich finde, wenn man schon mal in Paris ist, einmal in diesen Pariser Cafés mit den Korbstühlen sitzen – das gehört schon irgendwie dazu. Mir würde sonst etwas fehlen. Du hast so oft davon erzählt. Und wir haben doch noch bis heute Abend Zeit.«

Fiete brummte gutmütig: »Wir müssen ja eh noch unser Rollstuhltaxi holen. Da kommen wir bestimmt auch an einem Café vorbei.«

Frederic sah dies als Anlass, mal wieder etwas von seinen historischen Kenntnissen preiszugeben. »Wir haben da auch Glück. Denn allzu lange gibt es diese Stühle noch gar nicht. Seit fünfzehn Jahren. Ähm, beziehungsweise seit 1885. Sie werden bis heute von den gleichen Herstellern wie damals gefertigt. Und sind nach wie vor der Inbegriff des Pariser Straßencafés.«

»Ja«, schwärmte auch Oma. »Sie sind ja auch wunderschön!«

Sie entdeckten schließlich freie Plätze in einem Café mit diesen hübschen roten Korbstühlen und roten kleinen Bistrotischen.

Fiete fand die Korbsessel etwas zu klein. Tatsächlich war er um einiges größer und kräftiger als der durchschnittliche Franzose und sah in den zierlichen Sesseln etwas deplatziert aus. Luisa hingegen war regelrecht aufgekratzt und beglückt. »Jetzt fehlen nur noch der Pastis und ein paar Maler und Literaten.«

»Es geht doch nichts über Klischees«, bemerkte Frederic. »Übrigens auch ein französischer Begriff. Kommt von den Druckstöcken, die für den Bilderdruck gemacht wurden. Für den Literaten gibt es nichts Schlimmeres, als zu viele Klischees abzubilden.«

Oma entgegnete trocken: »Wie gut, dass wir kein literarisches Produkt aus deiner Feder sind. Wir würden sonst gerade hoffnungslos durchfallen.«

Frederic lachte. »Ach. Für so banale Zeitreisende seid ihr eigentlich okay. Ein bisschen Klischee ist ja auch ganz nett. Was Luisas Wunsch anbelangt, Maler könnten hier sein. Man erkennt sie nur nicht sofort. Und einen Literaten hast du ja schon mit mir.« Er grinste. »Pastis gibt es aber leider nicht. Der ist eine sehr viel modernere Erfindung«, erklärte er mit einem Lächeln, und Luisa fand, dass es ihm wirklich gutstand. Er hatte anfangs auf sie etwas schüchtern und fast verklemmt gewirkt, aber seit ihrem Gespräch gestern Nacht hatte sich das völlig geändert. Außerdem war sie beeindruckt von seinem Wissen. In der Gegenwart wäre das ja nicht weiter schwer gewesen. Schnell mal gegoogelt und schon hätte man zumindest mit etwas Halbwissen geglänzt. Das ging hier natürlich nicht. Daher war es außerordentlich, dass Frederic das alles im Kopf hatte. Unsinnigerweise hatte sie selbst klammheimlich versucht, ihr Handy zu benutzen. Am Akku lag es nicht. Aber – wie sollte es auch anders sein – das Smartphone fand im Jahr 1900 kein Netz. Spätestens da war ihr bewusst geworden, dass sie das hier nicht träumte.

»Ja. Aber Absinth gibt es.« Oma wies auf einen der

Nachbartische, an dem zwei Herren eine weißliche Flüssigkeit in hohen Kristallgläsern zu sich nahmen. »Vielleicht schadet es ja nicht, sich für unsere Überfahrt in die nächste Epoche etwas Mut anzutrinken.«

Fiete stimmte begeistert zu. »Ja, ich wollte das immer schon mal probieren.«

»Unterschätzt das Zeug nicht!«, warnte Frederic. »Es wurde nicht ohne Grund verboten. Damit wir unser Taxi nicht gegen den Triumphbogen steuern, solltest besonders du, Fiete, vielleicht besser darauf verzichten.«

Fiete brummte. »Nun ja, wie du meinst. Frederic Spaßbremse.«

Als Frederic darauf etwas beleidigt reagierte, glich dies Fiete jedoch wieder aus. »Hey, alles gut. Hast ja recht.«

Und so bestellten sich nur Oma und Luisa das Getränk, das diesen besonderen Nimbus des Verruchten und der Künstler hatte, sodass es sie allein schon beglückte, als sie es vor sich stehen hatten. Elsa hatte den Herrschaften an den Tischen dabei zugeschaut, wie man den Absinth zu trinken hatte, legte den Löffel auf das Glas, nahm ein Zuckerstück, platzierte es darauf und beträufelte es mit dem Eiswasser, das sie dazu bekommen hatten, bis der Zucker vollständig gelöst in den grünlichen Absinth tropfte. Der sich nun mehr in eine weißliche Flüssigkeit verwandelte. Luisa tat es ihr gleich. Anschließend nippten sie an ihrem Getränk, zogen aber abwechselnd Grimassen, denn eigentlich schmeckte er ihnen beiden nicht. Doch keiner wollte es so recht zugeben. Bis Elsa meinte: »Odol.«

»Ja. Irgendwie«, kicherte Luisa. »Wie ein Mundwasser. Ein bisschen eklig.« Dann lachten sie beide.

Die Sonne schien, Vogelgezwitscher und das französische Geplauder waren ihre Begleitmusik, sowie das Lachen der Damen, deren Hüte im leichten Wind fröhlich wippten. Ein paar Spatzen hüpften frech zwischen den Tischen herum, um die Bröckchen der feinen Törtchen und Kuchen aufzupicken. Als einer von ihnen auf ihren Tisch sprang, musste Luisa spontan darüber lächeln und sich wundern, dass er doch genauso aussah wie die Spatzen im einundzwanzigsten Jahrhundert, und dass aber dieses kleine Wesen eigentlich doch seit einhundertzwanzig Jahren gar nicht mehr existierte. Genauso wie alle, die hier um sie herumsaßen. Diese Erkenntnis war und blieb doch überwältigend und mit jedem Schluck des Absinths breitete sich zusätzlich dieses warme und berauschende Gefühl des Entzückens und der Freude des Augenblicks in ihr aus. Frederic, der sich genauso wie Fiete lediglich einen Kaffee gönnte, nahm mal wieder sein Notizbuch hervor und kritzelte etwas hinein, sehr wohl bemüht, dass ihm dabei keiner über die Schulter sah. Die anderen drei nahmen das wohlwollend und taktvoll zur Kenntnis. Oma schien sich besonders darüber zu freuen, wünschte sie sich doch, dass er seine Schreibblockade überwinden könnte und Inspirationen fand, was augenscheinlich der Fall war.

Fiete beäugte Luisa und Oma neugierig. »Und? Spürt ihr schon irgendetwas? Das Zeugs soll doch enthemmende Wirkung auf die Damen haben.«

»Ja, Fiete, nimmt dich in Acht«, erklärte Oma grinsend. »Sonst wirst du noch erleben, wie ich hier hemmungslos über dich herfalle. Spätestens beim nächsten Glas könnte das der Fall sein.«

Luisa fand die Vorstellung, dass Oma Elsa aus ihrem Rollstuhl springen und Fiete überfallen würde, höchst bizarr und leicht verstörend, musste dennoch kichern.

Fiete wandte sich jedoch sogleich mit einem Themenwechsel an Elsa. »Erzähl noch einmal etwas mehr über diesen Jean. Immerhin sind wir wegen ihm hier und bald, was weiß ich, wenn es dumm läuft, in Elend und Sorge. Dafür, dass dieser Unbekannte nun doch seit gestern relevante Änderungen in Raum und Zeit verursacht hat, wissen wir recht wenig über ihn.«

Ob die Wirkung des Absinths doch so schnell einsetzte oder es an etwas anderem lag, Elsa war plötzlich ungewöhnlich fahrig und schien etwas Zeit zu brauchen, um eine Antwort zu finden. »Ich … also, ich weiß es auch nicht so genau. Er ist einfach kein gewöhnlicher Mensch. Ein Zeitreisender eben. Extrem charmant, ein Gentleman par excellence. Unglaublich gutaussehend. Mit den besten Manieren. Kultiviert. Eloquent. Mit einer sehr einnehmenden Stimme. Ein Mensch, dem man einfach ab dem ersten Moment an verfällt. Ich … will nicht leugnen, dass es da auch etwas gab, was einen vorsichtig werden lässt. Aber ich kann nicht klagen, mir gegenüber war er immer ehrenhaft und, nun ja … ich kenne auch sonst niemanden, der eine solche Zeitreise ermöglicht.« Dabei grinste sie wieder schelmisch und fand darin natürlich die ungeteilte Zustimmung der anderen.

»Wohl wahr«, gab ihr Frederic recht. Er hatte damit aufgehört, sich Notizen zu machen, Omas Worten aufmerksam gelauscht und auch bemerkt, was sie ausließ.

Luisa fiel plötzlich etwas ein. »Aber was ist mit diesen besonderen Glücksgegenständen? Sollten wir nicht auch danach suchen und etwas mitnehmen? Und wollte dein Monsieur Lucile nicht auch, dass wir irgendetwas verändern?«

»Der Glücksgegenstand ist kein Problem. Den ersten haben wir schon.« Oma zog den Pinsel hervor, den sie bei dem Maler heimlich eingesteckt hatte. »Keiner von euch hat etwas bemerkt. Aber Diego war niemand anderes als Pablo. Pablo Diego Picasso. Und wir – wir haben ihn mit diesem Pinsel und unseren Bildern möglicherweise dazu gebracht, seine blaue Reihe zu entwickeln.« Jean, Frederic und Luisa schauten Oma verblüfft an. Tatsächlich hatte das keiner von ihnen auch nur im Entferntesten erkannt.

Fiete stand auf und klatschte in die Hände: »Dann lasst uns das Taxi holen und die Fahrt antreten. Schauen wir mal, wo es als nächstes hingeht und ob wir dort Herrn Lucile treffen.«

Der Zeitenwandler

Absinth. Ich betrachte die grüne Flüssigkeit und sehe mich auf ihrem Grund. Mit einem verzerrten Lächeln. Es ist das Getränk der Bohème, der Literaten, Muse der Künstler, aber auch der Wahn der Abhängigen und Trostlosen. Grüne Fee und grüner Fluch. Und wieder fasziniert es mich ungemein, wie schnell sich die Menschen einem kurzen Glück, dem Vergnügen und dem eigenen Verderben hingeben. Wie sie glückselig sein und vergessen wollen. Ich brauche gar nichts dazu zu tun. Sie tun es ganz von allein. Kaum einer kann widerstehen. Kann mir widerstehen.

18. Berlin

Sie fanden das Rollstuhltaxi noch an Ort und Stelle und obwohl es keiner geäußert hatte, ein jeder von ihnen war etwas besorgt gewesen, ob es etwa gestohlen und aber irgendwie beschädigt worden war. Als sie alle im Auto saßen, rief Fiete: »Auf geht's – Au revoir, Belle Époque. Lasst uns zurück nach Deutschland gehen. Wo und wann auch immer!« Und mit einem Aufheulen des Motors fuhr er aus dem Innenhof heraus und startete seine Fahrt zum Triumphbogen. Auch an diesem Tag war enorm viel los. Und auch das Rollstuhltaxi zog wieder die Aufmerksamkeit aller auf sich. Noch mehr als am Vortag stießen viele Passanten erstaunte Ausrufe aus, einige Droschkenfahrer riskierten sogar um ein Haar einen Unfall. Oma zückte ihren Fotoapparat, hielt das Visitenkärtchen des Herrn aus dem deutschen Pavillon bereit, dann steuerten sie auf das imposante Tor zu.

»Ich gehe mal davon aus, dass das wieder nicht sofort klappt«, äußerte Frederic mit der ihm angeborenen Portion Skepsis.

»Ja, im Zweifel landen wir noch einmal unter dem Triumphbogen, oder in einem anderen Jahr als geplant. Oder in Sorge«, witzelte Fiete. In dem Moment trat jedoch ein Gendarm vor den Wagen und behinderte die

Durchfahrt. Oma fuchtelte energisch mit ihrer Handtasche und dem Fotoapparat in der Luft herum. »Fiete, sag ihm, dass er zur Seite treten soll.« Der Gendarm aber dachte gar nicht daran, sondern zückte eine Waffe.

»Oh mein Gott!« Auch Luisa war jetzt aufgeregt. Da stieß Oma ein lautes Seufzen aus und kippte im Rollstuhl nach vorne.

»Elsa!« Frederic war entsetzt. Doch Fiete verstand. Er wandte sich zu dem Gendarmen und rief: »Das ist ein Notfall! Emergency! Urgence!« Stirnrunzelnd senkte der Gendarm die Waffe und beäugte Oma. Er zögerte kurz, dann bedeutete er ihnen zu fahren, Oma hob hastig den Fotoapparat, es blitzte und Fiete schoss durch den Triumphbogen. Luisa wurde übel, Frederic schloss wieder die Augen.

Der Himmel verfinsterte sich plötzlich. Ihr Wagen rüttelte kurz und blieb dann stehen. Luisa blinzelte leicht. Es war stockdunkel. Über ihnen erhob sich ein großes Tor. »Wo sind wir? Sind wir noch in Paris?«

Fiete seufzte. »Ich habe keine Ahnung, aber wir wurden zumindest nicht erschossen.«

Frederic räusperte sich. »Nein. Und offensichtlich stehen wir mitten unter dem … Brandenburger Tor.«

»Bist du dir ganz sicher?« wisperte Luisa, die noch etwas unter Schock stand. Frederic nickte. Da meldete sich Oma. »Lasst uns mal schauen, wo und in welchem Jahr wir sind. Was Besseres, als mitten in der Nacht hier zu landen, kann uns ja kaum passieren. Und es scheint warm zu sein. Ich tippe mal darauf, es ist nicht mehr April.«

Tatsächlich wehte sommermilde Luft durch das geöffnete Autofenster. Fiete startete erneut den Wagen und fuhr langsam los. Allmählich füllte sich diese Nacht wieder mit Licht. Es ging »Unter den Linden« entlang und am imposanten Adlon vorbei, in dem auch zur Nachtzeit einige Räume erleuchtet waren.

Die Straßen waren weitgehend leer. Dennoch erhaschten sie den einen oder anderen Blick auf vereinzelte nächtliche Passanten. Und selbst im spärlichen Schein der Straßenlaternen konnten sie erkennen, dass die Menschen anders gekleidet waren als noch kurze Zeit zuvor unter dem Triumphbogen. Und auch anders als noch vor zwei Tagen, im einundzwanzigsten Jahrhundert. Sie sahen Männer im Anzug und mit Hüten und Schirmmützen. Damen in kurzen Kleidern und mit kurzgeschnittenem Haar, die vielleicht zu dieser nächtlichen Stunde von irgendeiner späten Veranstaltung nach Hause eilten. Elsa meinte: »Also, ich kann nicht erkennen, in welchem Jahr wir uns befinden. Aber so im Prinzip sieht das mal nicht schlecht aus. Oder?«

Frederic gab ihr recht. »Ja, das sieht im Prinzip ganz gut aus. Wir sind weder in der Steinzeit noch mitten im

Krieg gelandet. Zumindest sieht es noch nicht danach aus. Ich tippe mal auf die Zwanziger oder frühen Dreißiger Jahre.«

»Da könnte man mal fragen.« Fiete hielt plötzlich am Straßenrand an. In einem Hauseingang lag unter dem schwachen Lichtschein einer Laterne eine komische Gestalt. Vielleicht ein Obdachloser. Wie Fiete. Strenggenommen.

»Was möchtest du ihn fragen? Nach einem Hoteltipp?« Frederic wusste anscheinend nicht so recht, ob das hier eine gute Idee war. Doch Fiete ließ sich davon nicht beirren, stieg aus und ging auf den Hauseingang zu. Neugierig beobachteten sie alle drei, wie Fiete sich bückte und Kontakt aufnahm. Ein Mann setzte sich auf und sprach mit Fiete. Anschließend nickte er und gab ihm dann eine zerknüllte Zeitung. Fiete kehrte daraufhin zurück.

»Wenn es einen nicht wundert, dass man nach Zeit und Raum fragt, so sind das Obdachlose. Natürlich könnten wir uns mit dem Wochentag nicht ganz sicher sein. Wenn es aber stimmt, was der Gute gesagt hat – und er macht eigentlich einen wackeren Eindruck und war relativ nüchtern –, dann ist die Zeitung von gestern. Und damit hätten wir heute den 31. August 1928.« Dabei wedelte Fiete ihnen mit der Berliner Illustrierten vor der Nase herum, die, abgesehen davon, dass sie etwas zerknittert war, auch noch recht druckfrisch aussah.

Frederic hielt das Blatt unter die Innenleuchte ihres Taxis und beäugte es erst kritisch, doch seiner Skepsis wich dann eine sichtbare Erleichterung. Luisa glaubte, dass es ihm ohnehin sympathischer war, in die Zwanziger geraten zu sein und nicht mehr in der Belle Époque zu verweilen. »Wenngleich wir uns bereits in den kriselnden Endzwanzigern befinden ...« Was er mit einem leichten Bedauern und dennoch mit einem Lächeln sagte. Er hatte sich den beengenden Hemdkragen aufgeknöpft und den langen Frack ausgezogen, war es doch auch sehr viel wärmer als im Pariser April des Jahres 1900. Luisa betrachtete Frederic von der Seite. Seine Frau hatte ihn als Langweiler bezeichnet, und, nun ja, Frederic war bislang nicht eine Stimmungskanone gewesen. Aber sie mochte ihn. Und irgendwie fand sie ihn auch ganz attraktiv. Er hatte zwar diese Marotte, alles notieren zu wollen oder historisch zu betrachten und schien mehr daran interessiert, als am unmittelbaren Erleben, wie es Oma so wichtig war. Aber, es kam ihr dennoch vor, als würde er etwas auftauen. »Lasst uns einfach mal dieses Berlin erkunden. Es ist tatsächlich etwas ungenierter als tagsüber. Und selten war ich mitten in der Nacht so wach.«

Was angesichts der Tatsache, dass sie vor kurzer Zeit erst in der Mittagszeit des angehenden 20. Jahrhunderts gewesen waren, auch nicht weiter verwunderlich war.

Sie parkten das Taxi ein paar Straßen weiter. Als sie so an den Häusern dieses alten Berlins vorbei wandelten, umfing Luisa wieder eine Leichtigkeit, die sie selten gekannt hatte, vielleicht zuletzt bei den kleinen Abenteuern und Eskapaden mit Oma Elsa, als sie noch ein Kind gewesen war.

Sie kamen an einem Gebäude vorbei, aus dem Musik drang, und hielten an. Unwillkürlich begann jeder von ihnen mitzuwippen. Oma in ihrem Rollstuhl, Fiete mit den Füßen. »Hier kannst du jetzt unbesorgt deinen Ententanz nochmals wiederholen. Diesmal sieht keiner das Grauen«, spottete Frederic.

Fiete lachte laut auf, lauschte kurz der Musik und sagte dann: »Na, da geht doch noch was anderes. Pass mal auf, Luisa, das müsstest sogar du kennen.« Fiete winkelte die Arme ab, spreizte Zeige- und Mittelfinger und tanzte so neben Luisa, die schallend lachen musste und prompt zum Soundtrack von Shanghai Shuffle den Pulp-Fiction-Twist mitmachte. Als die Musik verstummte, lugten sie neugierig in den Innenhof des Hauses. Und unerwarteterweise eröffnete sich vor ihnen ein großer Park. Der dort menschenleer, aber angenehm lauschig vor ihnen lag. »Schau mal, da sind sogar zwei Schaukeln«, fiel Frederic auf und Luisa staunte über die fast kindliche Freude, die er dabei zeigte. Dennoch fragte sie unsicher:

»Meinst du, wir dürfen hier sein?«

»Da wir uns gerade in einer Zeit befinden, in der wir eigentlich auch nicht sein dürften, erscheint mir das zweitrangig.« Und schon schnappte er sich die eine Schaukel und schwang sich empor in den Nachthimmel Berlins. Luisa tat es ihm gleich.

19. Berliner Nacht

Etwas später entdeckten sie zwei Gartenliegen, die dort wie für sie bestellt im Mondschein standen. Elsa und Fiete hatten sich ebenfalls davon überzeugen lassen, dass dieser einsame Garten ein guter Ort war, um bis zum Morgen Ruhe und einen bequemen Unterschlupf zu finden. Und da sich in dem Garten auch eine Laube befand, die es Oma besonders angetan hatte, wünschte sie schließlich allen eine gute Nacht. Fiete entdeckte eine Hängematte und schlief wohl als erster ein, hatte er doch die Nacht zuvor erst durchgemacht. Allein Frederic und Luisa waren genauso wie am Vortag noch beide hellwach. Auf den Gartenliegen ausgestreckt, starrten sie in den Sternenhimmel.

»Die letzte Nacht ist nicht einmal zwölf Stunden her und der Beginn unserer Zeitreise damit kaum zwei Tage. Und dennoch kommt es einem vor wie Jahre, das ist ziemlich verrückt oder?« Frederics Worte fielen ganz unvermittelt in die nächtliche Stille und Luisa bemerkte in diesem Moment seine besonders angenehme, tiefe und ruhige Stimme, die ihr einfach gut tat. Sie hätte ihm in diesem Moment noch länger zuhören können, doch eh die Pause zu lang wurde, antwortete sie: »Oh ja. Es ist völlig unbegreiflich. Es ist toll und beängstigend zugleich. Ich frage mich allerdings auch, was dieser Jean Baptiste Lucile für ein Mensch ist und wann wir ihn denn nun sehen werden.«

»Allerdings. Er scheint mir neben dieser Zeitreise eines der größten Rätsel zu sein. Hat Elsa ihn bei dir nie erwähnt?«

»Nein. Nicht, dass ich wüsste. Nur diese Geschichte von den vier Glücklosen, die die Welt retten wollen, hat sie immer wieder in Variationen erzählt. Ich dachte damals natürlich, es wäre ein von ihr erfundenes Märchen.«

»Ja, weit entfernt von Märchen sind wir auch nicht. Ich rechne eigentlich immer noch damit, morgen aufzuwachen und das alles geträumt zu haben oder aber zu intensiv in eines meiner eigenen Manuskripte eingestiegen zu sein.« Frederic lachte dabei. »Das, was mir ja nun seit einem halben Jahr gar nicht mehr gelungen ist.«

»Na, dann könnte das gerade eigentlich ein wunderbares Gefühl sein, oder nicht?«

Frederic musste wohl kurz überlegen, dann antwortete er: »Ja, also, es erlischt freilich in dem Moment, da ich mir sage, dass es kein Traum ist. Und eben nicht meine Idee war. Also es ist nicht ganz das Gleiche.«

»Du machst dir aber ständig Notizen. Es könnte damit doch ein Roman von dir werden. Du musst dir im Grunde gar nichts selbst ausdenken.«

»Ja, da hast du absolut recht«, sagte Frederic lachend.

»Nur ist das alles hier so unwahrscheinlich. Das glaubt mir kein Mensch.«

»Stimmt!«, kicherte Luisa. »Du hättest dich jedenfalls von deinem ursprünglichen Plan, ein Roadmovie mit Fiete zu schreiben, etwas entfernt. Wobei von einer Zeitreise ja auch einmal die Rede war, oder?«

»Ja, auch daran hatte ich gedacht. Dass ich nun eine Zeitreise selbst erlebe, ist daher mehr als verrückt. Somit ist es jetzt eben eine Roadmoviezeitreise mit Rollstuhltaxi und Fiete.«

Frederic sagte das so trocken, dass Luisa wiederum lachen musste. »Ja. Sieht ganz so aus.« Dann fiel ihr etwas anderes ein: »Was glaubst du eigentlich, was das mit diesem Foto auf sich hat, das Oma bei Lucile damals per Zufall gefunden hat? Ich muss zugeben, auch das ist mir etwas unheimlich.«

»Das ist eine ganz seltsame Sache. So wie Elsa das sagte, war es ihm gar nicht recht, dass sie es gefunden hatte und er hatte sie davor gewarnt. Und man kann kaum etwas erkennen. Außer dass es nachts ist und viele Menschen versammelt sind. Und einer davon irgendwie allein steht.«

Luisa stimmte Frederic zu. »Ja, das hat mich auch schon beschäftigt. Wir sollten unbedingt mehr darüber herausfinden. Vielleicht Elsa nochmals fragen und auf jeden Fall Lucile.«

Er setzte sich auf der Liege spontan auf. »Das sollten wir auf jeden Fall! Aber hey, erzähl mir doch noch einmal so eine lustige Geschichte von dir. Ich muss sagen, das war echt amüsant. Natürlich nur, wenn es dir recht ist.«

»Ach, ich weiß nicht. Aber gut. Wenn dich das zum Lachen bringt.« Sie überlegte kurz. »Ich hätte da eine, bei der ich nur Zuschauerin war. Schlimm war es trotzdem. Oder gerade deswegen.« Ihren Worten zum Trotz fing sie an zu kichern, bemühte sich dann aber wieder, ernst zu werden, um weitererzählen zu können. »Also, ich wohne ja in einer WG. Nicht nur mit Wolfi, sondern auch mit Charleen und Hanna. Wir sind jetzt alle nicht so die Partygänger oder so. Und alle Singles. Und Charleen hatte nun aber das erste Mal jemanden kennengelernt. Wo und wann, weiß ich nicht mehr so genau. Sie war so aufgeregt, dass sie Hanna und mich gebeten hat, mitzukommen. Also nicht so unmittelbar, sondern eher so als Aufpasserinnen. Wir sollten uns also im Hintergrund halten. Auch hat sie uns vorher gebeten, sie bei der Kleiderwahl zu beraten. Das war vielleicht ein Fehler gewesen …« Luisa schlug sich die Hände vor das Gesicht. »Oh weia. Okay. Hanna hatte gemeint. Charleen sollte ein schwarzes Stretch-Kleid anziehen. Das sähe gut aus. Eigentlich wollte Charleen das nicht. Sie trägt sonst nie Kleider. Und man muss sagen, dass Charleen eben nicht die Schlankeste ist, vorsichtig ausgedrückt. Aber wie auch immer, wir wollten, dass das klappt. Und so ist sie eben mit Kleid und Seidenstrumpfhose losgezogen. Und wir hinterher. Schön unauffällig und nur im Abstand. So dass keiner erkennen konnte, dass wir zusammengehören. Und die ganze Sache schien dann auch super zu klappen. Die beiden setzten sich an die Bar, Wolfi bediente sie, hatte sie also noch am besten im Blick. Und dann – küssten sie sich, auf dem Barhocker sitzend. Voll romantisch eben. Nur aus irgendeinem Grund ist sie beim Vorbeugen mit der Strumpfhose an dem Barhocker hängengeblieben. Und dann mit runtergezogener Strumpfhose und hochgerutschtem Kleid samt Hocker umgestürzt. Und hat sich dabei auch noch den Absatz ihres Schuhs abgebrochen. Es war … wie soll ich sagen … furchtbar! Hanna und ich wussten nicht, ob wir aus unserer Deckung heraustreten sollten. Also haben wir nur hilflos zugeschaut, wie Charleen sich wieder vom Boden aufgerappelt hat und dann humpelnd aus der Kneipe gestürzt ist. Wir sind irgendwann hinterher. Ihr Date saß dann wohl noch eine Weile staunend und ratlos da, Wolfi hat das Gläserputzen aufgegeben und wollte irgendwie noch den guten Mann aufmuntern. Leider ohne Erfolg. Kurzum: Es blieb bei diesem einen Treffen und wir sind auch nie wieder zusammen ausgegangen. Nicht einmal Wolfi war großartig daran interessiert, dass wir ihn in seiner Kneipe besuchen.«

»Oh Gott!« Frederic lachte herzhaft auf. »Die Arme! Was für ein Pechvogel!«

Luisa nickte. »Ja, daher denke ich, dass Charleen eigentlich auch so eine Zeitreise verdient hätte. Ich weiß nur nicht, ob sie sich noch einmal auf größere Abenteuer einlassen will.«

»Wenn wir das hier gut überstehen und, vorausgesetzt, wir kommen wieder zurück, kannst du ihr ja das Zeitreisen für Glücklose weiterempfehlen.« Frederic legte sich wieder auf den Liegestuhl zurück und betrachtete dabei träumerisch erst Luisa und dann den nächtlichen Himmel über sich. »So alles in allem sind diese Zeitreisen für Glücklose bislang jedenfalls gar nicht mal so schlecht.«

»Stimmt.«, gab ihm Luisa recht und tat es ihm gleich.

Sie schwiegen eine Weile. Aber es war diese besondere Art eines angenehmen Schweigens. Wie man es nicht oft hatte. Sie betrachteten die Sterne und jeder von ihnen hing seinen eigenen Gedanken nach. Luisa fragte sich, was eigentlich Glück für sie bedeutete. Alle nannten sie einen Pechvogel. Aber hey, verdammt. Das hier war gut. Sie war fast gar nicht gestolpert, hatte keine Stromausfälle verursacht oder war nicht wie Charleen vom Barhocker gestürzt. Stattdessen lag sie nachts auf einer Liege im Berlin des Jahres 1928 und war damit mitten in einer irrwitzigen und absolut unwahrscheinlichen Zeitreise gelandet. Und fühlte in sich so etwas Kribbeliges, Warmes, Wohliges. Und wenn sie sich nicht ganz irrte, war das durchaus etwas, was man Glück nennen konnte.

Frederic unterbrach schließlich die Stille. »Das hier ist irgendwie schön, nicht wahr? Damit wir allerdings auch den nächsten Tag dieser Zeitreise glücklich überstehen, sollten wir jetzt vielleicht besser schlafen.«

»Ja, da hast du recht … Gute Nacht, Frederic.«

»Gute Nacht, Luisa.«

20. Monsieur Lucile

Luisa wachte auf und blinzelte. Die Morgensonne schien bereits hell. Wo war sie? Sie erinnerte sich. Irgendwo in einem Garten eines Stadthauses. In Berlin. 1928. Wenn sie sich nicht getäuscht hatten. Heute würden sie ganz sicher mehr herausfinden. Aber da! Gegenüber. Da saß doch jemand? Oder hatte sie sich das nur eingebildet? Sie schloss nochmals die Augen und öffnete sie wieder.

Ja, auf einem der gegenüberstehenden Gartenstühle saß ein Mann. Und nein, es war nicht Frederic. Der schlief noch neben ihr auf der anderen Liege. Der Mann dort trug einen schwarzen Anzug und Hut. Er sah zu ihr. Unverwandt und ungeniert. Und da erst erkannte sie ihn. Jean Baptiste Lucile. Der Zeitreisende. Er sah fast genauso aus wie auf dem alten Foto von Elsa. Nur mit mittlerweile weißem Haar. Und dennoch eigentümlich alterslos. Und einfach sehr besonders. Das feingeschnittene Gesicht. Die durchdringenden dunklen Augen, umwölkt von schwarzen Augenbrauen. Sie hätte ihn bestimmt noch weiter angestarrt, wenn er nicht plötzlich das Wort an sie gerichtet hätte. »Guten Morgen, junge Dame. Ich hoffe, ich habe Sie nicht geweckt.«

Luisa räusperte sich, suchte nach geeigneten Worten.

Schließlich antwortete sie: »Guten Morgen … Sie sind Jean … der, den Elsa vor vierzig Jahren getroffen hat … der Zeitreisende …?«

Der Mann nickte. »Ja, der bin ich. Sie nennt mich den Zeitreisenden … was für ein romantischer Ausdruck! Aber durchaus zutreffend … «

»Ihnen verdanken wir also diese Reise?« Luisa war weiterhin unsicher. Dennoch ging eine Faszination von Jean aus, der sie sich nur unschwer entziehen konnte, und sie musste sich bemühen, ihn nicht unentwegt anzustarren.

»Ja, ich habe mir diesen kleinen Spaß für Sie und auch mich erlaubt und wenngleich ich Sie nicht schon in Paris empfangen konnte, ist es mir doch eine Freude, Sie hier in Berlin der späten Zwanziger zu begleiten.« Er war zwischenzeitlich aufgestanden. »Die Zeit ist auch und gerade auf Zeitreisen sehr kostbar. Vielleicht sollten wir die Langschläfer mal wecken.«

»Warten Sie. Meine Oma wird sich freuen, Sie wiederzusehen.« Luisa stand etwas unbeholfen auf, stolperte prompt über ihre eigenen Schuhe und eilte dann zu der Gartenlaube, um Elsa zu wecken. »Jean Baptiste ist da.« Oma wachte auf und saß im nächsten Moment sofort kerzengerade auf der Bank in der Laube, die sie als Nachtlager gewählt hatte, und fasste sich in ihr Haar, das wüst in alle Richtungen abstand. »Oh mein Gott! Bist du dir sicher? Jean ist da?«

Luisa bejahte das und schaute ihre Oma amüsiert an, die daraufhin hektisch versuchte, ihr Haar und ihre zerknitterte Kleidung etwas zu richten, was jedoch ein hoffnungsloses Unterfangen war. »Wie sieht er aus? Ist er alt geworden?«

Luisa überlegte und äußerte dann zögerlich: »Er sieht sehr gut aus. Älter. Aber man erkennt ihn noch sofort …« Erst jetzt wurde ihr bewusst, dass Oma damals ganze vierzig Jahre jünger gewesen war und natürlich auch jünger ausgesehen hatte, und sie das nun wohl bedrücken musste.

»Elsa, mach dir keinen Kopf, du siehst fantastisch aus!« Im Eingang zur Laube erschien Fiete. Nicht minder verstrubbelt und auch noch etwas müde. Aber mit einem breiten Grinsen. »Ich habe gerade Monsieur Lucile begrüßt. Also Elsa, er ist wirklich … charmant. Besonders. Und …«

»… irgendwie unheimlich«, flüsterte Luisa.

Oma schaute Luisa belustigt und etwas nachdenklich an. »Nun denn, dann werde ich mir mal meinen Zeitreisenden anschauen.« Sie hievte sich in ihren Rollstuhl und rollte dann aus der Laube hinaus zu dem wartenden Jean Baptiste.

»Madame Elsa. Ich bin entzückt, Sie nach so langer Zeit wiederzusehen. Sie sehen umwerfend aus!«

Eine Bemerkung, die angesichts des leicht derangierten Aussehens Elsas doch erstaunlich und jedenfalls sehr freundlich war. Elsa, diese stolze und eigenwillige alte Dame errötete bei seinen Worten. Was etwas Rührendes und Eigenartiges zugleich hatte, fand Luisa. Als er sich im Rollstuhl zu ihr hinunter beugte und ihr diese französischen Küsschen auf die Wange hauchte, war es wohl vollends um Elsa geschehen.

Doch gelang Elsa schließlich eine Antwort, die besser zu ihr passte: »Jean, mein Lieber. Sie belieben mal wieder zu scherzen. Aber es spricht sehr für Ihren Charme und Ihre galante Art, eine alte Vogelscheuche, die definitiv vierzig Jahre älter aussieht als vor vierzig Jahren, entzückend zu finden.«

»Aber meine liebe Elsa! Wie können Sie so etwas sagen?«, empörte sich Lucile. Doch dann wechselte er das Thema und bat Elsa darum, ihm ihre Begleitung vorzustellen. Auch Frederic war inzwischen aufgewacht und so stellte Elsa alle drei Mitreisenden vor: »Das ist Luisa, meine Lieblingsenkelin. Fiete, Abenteurer und Rocker durch und durch. Und Frederic, hoffnungsvoller Literat, der unsere Reise vielleicht später in Worte fassen wird. Wer weiß?«

»Enchanté! Das ist ja mal eine reizende Reisegruppe. Die gar nicht mal so glücklos aussieht, wenn ich das mal so sagen darf«, antwortete Jean auf diese Kurzvorstellung.

Fiete hatte vermutlich vom Süßholzraspeln genug und fragte Jean geradeaus: »Dass wir alle vier bislang nicht unbedingt die Sechser-im-Lotto-Kandidaten waren, ist schon klar. Aber Herr Lucile, welcher Grund verschafft uns denn nun wirklich diese außerordentliche Ehre, durch die Zeit reisen zu können? So ganz habe ich das immer noch nicht verstanden.«

»Mein lieber Herr Fiete, zunächst einmal sage ich Ihnen was: Sechser im Lotto-Menschen sind nicht automatisch die glücklichsten. Wenn ich sie hier auf die Reise schicke, werden sie gewiss auch nicht im Lotto gewinnen. Aber …« Er machte eine bedeutsame Pause, betrachtete Luisa, Frederic, Elsa und Fiete und fuhr dann fort: »Sie haben die Chance, wahrhaftig Ihr Glück zu finden. Genau dann und dort, wo sie es vielleicht nicht suchen.« Fiete nickte, etwas irritiert und auch etwas unzufrieden. Denn seine Frage war damit nicht annähernd beantwortet. Dann fuhr Lucile fort: »Ich kann Ihre Neugierde allzu gut verstehen. Aber das ist nichts, das man so auf die Schnelle erzählen möchte. Sie haben hier im Freien übernachtet und nicht einmal gefrühstückt. Ich bin untröstlich und möchte Sie daher dazu einladen, einen Happen zu essen und diesen wunderschönen Morgen in Berlin zu verbringen. Dann werde ich auf Ihre Frage zurückkommen.«

Fiete brummte etwas, schien aber mit dieser kleinen Verzögerung einverstanden zu sein. Frederic wiederum sah weiterhin argwöhnisch aus. Oma war jedoch begeistert. »Oh, Jean, das hört sich wunderbar an!«

Der Zeitenwandler

Ob das vollkommene Glück in der Kunst zu finden ist? Ich glaube es kaum. Dafür sehe ich immer wieder zu viele unglückliche Künstler, brotlos, arbeitslos, am Ende sogar ideenlos. Nichtsdestotrotz neide ich ihnen den Schaffensprozess, die kreativen Schübe, wenn sie ganz weggetragen sind, umwölkt von ihrer Musik, der Sprache oder ihren Bildern und darstellenden Werken. Und selbstverständlich mag die Freude des Betrachters, des Lesenden, des Hörenden wohl ebenfalls wirkliches Glück sein, unbelastet von den Mühen und Nöten desjenigen, der alles erschaffen hat. Vorausgesetzt natürlich, das Werk an sich ist gelungen und ein Genuss. Es scheint mir jedenfalls so, dass die Kunst, anders als die leiblichen Genüsse, etwas ist, das fortdauert, das sich sogar mit der Anzahl der Rezipienten endlos multiplizieren lässt. Und das Höchste wohl ist, wenn die Freude des Zuschauers, Zuhörers oder Lesers auf seinen Schöpfer zurückfällt. Der Beifall, das Lob, die Bewunderung. Das ist der Moment, um den ich den Künstler wahrhaftig beneide.

21. Wannsee

Berlin ist ja der Hammer!« Luisa konnte sich kaum satt sehen an den altehrwürdigen Häusern, den Chausseen, und den Menschen, die allesamt aussahen, als entstammten sie den Babelsberger Filmstudios. Jean hatte sie in seine Limousine, Marke Adler, eingeladen, in der es sich zwar weitaus enger saß als in den Autos des einundzwanzigsten Jahrhunderts; allein die Karosserie und die ledernen Sitze versetzten vor allem Fiete in Begeisterung. Mit heruntergeklapptem Verdeck machte Jean eine kleine Besichtigungsfahrt mit ihnen durch das sommerliche Berlin des Augusts 1928.

An einem Café hielten sie an. Jean kaufte eine Tüte Krapfen und Butterbrote, verteilte sie an seine hungrigen Gäste und entzückte sie mit einer Kanne Kaffee und vier Emailletassen, die er aus dem Fond seines Autos zauberte. »Coffee to go auf die Zwanziger Art«, lachte Fiete, während er genauso begierig wie sie alle den heißen Kaffee trank und herzhaft in sein Butterbrot biss.

Dann ging es in einer Zickzacktour vorbei am Kempinski, dem Ufa-Palast am Zoo, Schloss Schönhausen, dem Alexanderplatz, natürlich auch am Brandenburger Tor, das sie in der Nacht gar nicht richtig betrachten konnten. Neben ihnen fuhren Straßenbahnen und kleine

Omnibusse, Fords und Maybachs. Auf einem Platz stand ein kleiner Eiswagen, an dem eine Horde Kinder Schlange stand, um sich bei den warmen Sommertemperaturen etwas Kühles zu gönnen. Die Jungen in kurzen Stoffhosen und hemdsärmlig, die Mädchen zum Teil mit Pagenkopf und in hellen kurzen Kleidern.

Elsa rief: »Oh, ein Eis wäre jetzt wunderbar.«

Und so hielten sie am Straßenrand und kauften sich jeder eine Waffel. Außer Jean, der dankend ablehnte. Dann aber einen Vorschlag machte: »Wie sieht es aus mit einem Besuch am Wannsee?«

Elsa war begeistert. »Das wäre ganz großartig bei der Hitze. Aber ich glaube, dafür bräuchten wir etwas passendere Kleidung.«

Jean betrachtete sie alle der Reihe nach: Elsa in dem zerknitterten schwarzen langen Kleid, Fiete in seiner schwarzen Lederkluft, Frederic mit bügelreifem, verschwitztem Hemd und Luisa mit ihrem langen Kleid, in dem sie irgendwie versank und das ihr eigentlich gar nicht so recht stand, weil es wohl für eine Dame mit üppigeren Körperformen gedacht war. Jean Baptiste kam daher zu dem Schluss: »Ja, das wäre vermutlich eine gute Idee.«

Im Kaufhaus Jandorf gab es die Gelegenheit, sich zeitgemäßere Sommerkleidung zuzulegen. Frederic sah an der altehrwürdigen Fassade nachdenklich hoch und murmelte vor sich hin: »Auch eines der vielen jüdischen Kaufhäuser. Seltsam, dass die meisten von den Plünderungen und Zerstörungen verschont bleiben werden. Anders als die kleinen Geschäfte …« Er wollte dies jedoch nicht in den Vordergrund stellen, um die Freude der anderen nicht zu trüben. Denn der Besuch war tatsächlich ein Spaß für sie alle vier. Oma geriet ins Schwärmen und legte sich gleich mehrere Kleider und Hüte zu, und es gelang ihr auch, Luisa dazu zu überreden, sich etwas Neues anzuschaffen. Luisa betrachtete sich in einem Spiegel, und das kurze Kleid gefiel ihr wesentlich besser als das, was ihr Diego alias Picasso vermacht hatte. »Absolut bezaubernd!«, rief Oma.

Als dann Frederic auch ein zustimmendes Nicken zeigte und Fiete sagte: »Hey, Mädchen, so nehme ich dich doch glatt auf den nächsten Zeitreisetrip mit!« war Luisa überzeugt.

Allein bei Fiete und Frederic war es zunächst schwieriger. Fiete wollte sich partout nichts anderes kaufen und erklärte, dass seine Klamotten untrennbar zu ihm gehörten. Oma entgegnete dann: »Fiete, alles, was recht ist. Deine Sachen sind super. Aber irgendwann solltest auch du mal deine Kleidung wechseln. Ich sag dir, die Golden Girls der Zwanziger stehen gewiss auch auf Fiete, wenn er mal was Frisches anhat. Der Rocker in dir bleibt trotzdem unverkennbar.«

Auch Frederic zierte sich zuerst etwas. Als sie dann beide mit den Überredungskünsten von Elsa und Luisa aus den Umkleidekabinen traten – mit Knickerbockern, Hemd und Hut, und die Damen und auch die Verkäuferin klatschten –, ließen sie sich dann aber zu der neuen Garderobe überreden.

»Meene Herren, det is ja jetzt mal schnieke, wa? So würd ick se glatt mitnehm«, begeisterte sich das Fräulein, das sie beraten hatte. Und Frederic errötete fast. Hatte dem aber nichts mehr entgegenzusetzen.

Bei den Badesachen taten sie sich dann alle nochmals etwas schwerer.

»Das zieh ich nicht an. Nie und nimmer. Damit sehe ich ja aus wie ein Clown.« Frederic hielt einen schwarz-weißgeringelten Badeanzug für Herren in den Händen. Auch Fiete war nicht ganz so glücklich. Dann entdeckten sie, dass es doch schon so etwas wie Badeshorts gab und auch Oma Elsa und Luisa fanden Badebekleidung, die sie für tragbar hielten.

Die Verkäuferin konnte ihr Zögern überhaupt nicht verstehen. »Det ist der neuste Schick. Weniger Stoff jeht ja wohl kaum. Et sei denn, se jeh'n janz nackig.«

Jean zeigte sich spendabel und bezahlte ihnen die neue Garderobe. Bei Elsa musste er schmunzeln. »Es sieht ganz so aus, als wollten Sie etwas länger hierbleiben, meine Liebe.«

Oma grinste. »Das kann schon sein.«

Das Strandbad am Wannsee war voller als erwartet. Hunderte Menschen tummelten sich entlang des Sees. Es sah gar nicht so viel anders aus als im einundzwanzigsten Jahrhundert. Luisa musste sich abermals kneifen und fragen, ob sie sich das nicht alles einbildete.

Spätestens als sie zusammen mit Frederic ins Wasser sprang und sich das ganz real, herrlich kühl und nass anfühlte, verwarf sie die Idee, nur zu träumen.

22. Das Zeitenprinzip und eine Premiere

Frederic hatte seinen Schreibblock zur Hand genommen, ohne jedoch etwas zu notieren. Stattdessen blickte er abwechselnd auf den Wannsee und auf seine Begleiter, die alle etwas vor sich hindösten. Jean, der zu seiner Linken saß und der Sommerhitze zum Trotz immer noch einen Anzug trug, Oma Elsa, auf dem Kopf einen riesigen Sonnenhut, auf der Nase eine ebenso riesige Sonnenbrille und die Schultern mit einer glitzernden Stola bedeckt, die wohl eher für abendliche Zwecke gedacht war. Fiete, der seinen stattlichen Bierbauch in der Sonne bräunte und Luisa, die in ihrem blauweißen Zwanziger-Jahre-Badeanzug ein eigentlich recht erfreulicher Anblick war.

Luisa – bereits ab dem ersten Moment, da er sie gesehen hatte, hatte er sie gemocht. So verhuscht und ein bisschen verpeilt sie auch war. Vielleicht gerade deswegen. Spätestens aber seit den gemeinsamen Gesprächen in den beiden vergangenen Nächten, war dieses Gefühl intensiver geworden.

Nachdem so eine Weile seine Gedanken abgeschweift waren, erinnerte er sich an Fietes Frage. Es schien so, dass sie sie alle vergessen hatten. Also gab sich Frederic einen Ruck und wandte sich an Jean: »Monsieur, sie wollten es ja erklären, also: was ist das mit dieser Zeitreise? Wie funktioniert es? Ich verstehe es einfach nicht.«

Jean wandte sich ihm zu und beäugte ihn etwas abschätzend, aber interessiert. Dann räusperte er sich: »Nun. Ein bisschen wissen Sie ja schon. Es funktioniert nur unter ganz bestimmten Umständen. Und auch das nur bei sehr wenigen. Tatsächlich ist es nur ein kleiner erlesener Kreis.« Dabei schaute er Frederic durchdringend und prüfend an. Sodass Frederic unwillkürlich den Blick senken musste. Es fiel ihm schwer, Jeans Musterung standzuhalten und ihm war auch gleichzeitig etwas mulmig dabei. Dennoch fasste er all seinen Mut zusammen und fragte nochmals: »Aber wie funktioniert es? Was macht es möglich?«

Jean schwieg eine Weile. Frederic fragte sich schon, ob er ihn verstanden hatte. Doch dann antwortete Jean, seine Augen unverwandt auf ihn gerichtet: »Durch mich. Ich mache es möglich. Und auch nur bei denen, die ich dafür geeignet halte. Die nicht darauf bestehen, zurückzuwollen, die loslassen können. Die dafür bereit sind. Nur so kann man Raum und Zeit überwinden und genau dort landen, wo man hin möchte.«

»Ah. Das sind die Bedingungen? Und entscheidend ist, dass wir alle vier nicht unbedingt so viel Spaß an unserer Gegenwart haben? Aber das müsste dann doch für sehr viele gelten? Ich meine, wir sind da doch gar nicht solche Ausnahmen?«

Jean betrachtete irgendeinen Punkt in der Ferne und ließ wieder etwas auf sich warten. Schließlich sagte er: »Das ist wohl richtig. Sie waren nicht die ersten und werden auch nicht die letzten sein. Und dennoch gehören Sie zu einem exklusiven Kreis und erscheinen mir zumindest recht geeignet. Auch war natürlich Elsa ein Grund ...« Frederic registrierte mit Interesse, wie über das Gesicht dieses gutaussehenden, scheinbar alterslosen, dennoch etwas unnahbaren Mannes ein Lächeln huschte, das ihm zeigte, dass dieser mysteriöse Jean Baptiste Lucile die mittlerweile betagte Elsa immer noch mochte. Diese jahrzehntelange, zeit- und altersübergreifende Brief- und Fernbeziehung der beiden war mehr als ungewöhnlich und Frederic hatte viele Fragen dazu. Dennoch musste da etwas sein, was diese beiden so völlig unterschiedlichen Charaktere verband. Die unkonventionelle, herzliche und etwas verrückte Elsa und den etwas unheimlichen Zeitreisenden. Jean riss ihn aus seinen Gedanken. »Ja, Elsa ist gewiss ein Hauptgrund ... Ich wäge sehr wohl ab, wem ich diese kleine Lücke in unserem Zeitsystem ermögliche. Ob ich bei Ihnen richtig lag, wird sich noch zeigen. Aber, ich bin zuversichtlich, dass Sie vier das schaffen.«

»Dass *wir* es schaffen ...«, wiederholte Frederic nachdenklich. »Aber was ist das mit diesen Portalen? Wie weiß man, welches einen wohin führt und ob es das richtige ist? Was ist, wenn es gerade keines gibt? Wenn man zum Beispiel in der Wüste ist?«

Lucile nicke. »Ja, das kann passieren. Ein Portal ist schon besser. Aber es geht auch ohne.«

»Es geht auch ohne? Wie genau?«

»Nun. Allein mit einem wirklich passenden Gegenstand, der etwas mit ihrem Ziel zu tun hat. Allerdings – das gebe ich zu. Es kann dann eher schief gehen.«

Frederic blieben Bedenken. »Was ist, wenn dann also etwas richtig schief geht? Wenn man in der falschen Zeit landet oder wieder zurück möchte?«

Lucile sah ihn ernst an. »Ja, das sollte eigentlich nicht passieren. Zurück kann man. Aber wenn man sich in der Zeit verliert, dann wird es schwierig. Dann müssen Ihre Glücksgegenstände zum Einsatz kommen … und noch etwas …« Er machte hier eine lange Pause. »Wahre Liebe. Allein das kann dann noch helfen …«

Frederic war erstaunt, betrachtete Lucile, dessen Gesichtsausdruck nichts verriet. Er sah verschlossen aus und schien auch nichts hierzu ergänzen zu wollen. Sie schwiegen eine Weile. Dann fasste Frederic neuen Mut. Da war noch etwas, das er unbedingt wissen musste.

»Darf ich Sie noch etwas fragen?« Frederic schaute vorsichtig zu Elsa, die offensichtlich nichts von dem Gespräch mitbekam, sondern friedlich auf ihrer Liege schlummerte. Er war sich auch nicht ganz sicher, ob es ihr recht war. Doch es beschäftigte ihn. »Elsa hat so ein altes Foto – ein Mann inmitten einer Menschenmenge – was hat es damit auf sich?«

Jean hob die Brauen. Frederic war es auch so, als hätte er ein leichtes Zucken in seinen Augen gesehen. »Das Foto … ich hoffe nicht, dass Sie damit in Berührung kommen. Es wäre der schlimmste Fall …«

Frederic sah Lucile betroffen an. »Ohhh …«

Doch offensichtlich wollte Lucile dazu keine weiteren Ausführungen machen, sah auf seine Armbanduhr und stand dann auf. »Ich hätte übrigens ein beeindruckendes Abendprogramm für Sie. Eine ganz besondere Premiere. Ein Stück, das wirklich Geschichte schreibt. Das sollten Sie sich nicht entgehen lassen.«

Ob Frederic nun durch das Gespräch so irritiert war oder aber auch sein historisches Gedächtnis zuweilen Lücken aufwies – er kam nicht darauf, was Monsieur Lucile meinte.

Jean fuhr sie zu einem sehr noblen Hotel, in dem er für sie schon vorher reserviert hatte. Der höfliche Portier ließ sich seine Verwunderung über das ungewöhnlich spärliche Gepäck der vier neuen Gäste nicht anmerken. Wohin es am Abend gehen sollte, verriet Lucile aber nicht. Und so war es dann auch für alle eine Überraschung, als sie ein paar Stunden später das Theater am Schiffbauerdamm betraten und bei allen erst da der Groschen fiel. Der Saal war bis auf den letzten Platz voll und wie auch immer Jean das geschafft hatte, bekamen sie dennoch Plätze, mit denen sie sogar einen fantastischen Blick auf die Bühne und den kleinen hageren Mann hatten, der sich dort unter Applaus kurz verneigte. Anschließend ließen sich unsere vier Zeitreisenden staunend nach Soho ins viktorianische Zeitalter katapultieren. Ins Bettler-, Kriminellen- und Bordellmilieu. Als Oma dann lautstark »... Und der Haifisch, der hat Zähne ...« mitsang, sah man sich im Publikum verwundert um. Frederic raunte ihr zu: »Du kannst das eigentlich noch gar nicht kennen. Keiner kennt es bislang ...« Was sie jedoch nicht weiter beeindruckte.

Beim Kanonensong brach im gesamten Publikum Applaus aus. Nach der Vorstellung, die die ungeteilte Begeisterung des Publikums erfuhr, auch und vor allem wegen der Musik, ergab es sich, dass sie den jungen Herrn Brecht näher kennenlernten. Es gelang Oma sogar, den jungen Dichter in ein Gespräch zu verwickeln. »Ich finde, diese Idee, die Zeiten miteinander zu verquicken, ganz außerordentlich! Sie zeigen das viktorianische Zeitalter und dennoch scheint es jetzt zu spielen und passt auch irgendwie zu jeder Zeit. «

Der Dichter war geschmeichelt von dem Zuspruch der alten Dame. Auch Fiete richtete das Wort an den jungen Schriftsteller: »Ich fände es mal höchst interessant, einer Frau eine Hauptrolle in einem Stück zu geben. Einer älteren Frau. Einer, die mutig und couragiert ist. Darüber sollten Sie mal nachdenken.« Bertolt schien diese Idee wohl zu gefallen. Und Fiete fügte noch hinzu: »Wissen Sie, mit Theater und Literatur und so was, kenne ich mich nicht so aus. Aber sich den Obdachlosen und Bettlern zu widmen, ist immer eine gute Idee. Eines meiner Favoriten ist Beggars Banquet. Ich weiß nicht, ob es auch etwas mit John Gays Beggar's Opera zu tun hat. Jedenfalls ist dieses Werk der rollenden Steine ganz sicher eine der besten Platten der Rockgeschichte, die ich kenne. Aber dieser Kurt Weill hat auch einen ganz guten Job gemacht.« Damit hinterließ er den Literaten freilich leicht ratlos. Wusste er doch weder viel mit den Steinen noch mit Rockmusik etwas anzufangen. Dennoch signierte er Fiete auf seine Bitte hin das Programmheft zur Dreigroschenoper. Sogar mit einer persönlichen Widmung.

Als sie etwas später das Theater verließen, beeindruckt und beseelt von dem Schauspiel, hatten unsere vier Protagonisten fast vergessen, wo und zu welcher Zeit sie sich gerade befanden, so sehr waren sie in das London des neunzehnten Jahrhunderts eingestiegen.

Jean hatte sich während der gesamten Vorstellung auffällig im Hintergrund gehalten. Fast erschreckte sich Luisa daher, als er unwillkürlich neben ihnen auftauchte. »Ich würde mal vorschlagen, ich entführe Sie jetzt in den Teil des Berlins der Zwanziger Jahre, für den es bekannt ist. Vielleicht sehen wir auch nicht nur die goldene Seite. Das könnte schon sein.«

Der Zeitenwandler

Berlin ist im Umbruch. Es rumort und schwelt schon überall. Und als gäbe es kein Morgen, tanzt die Stadt durch die Nacht, feiert und singt, verschwendet ihr Geld, das sowieso bald nichts mehr wert ist. Es ist dieses Bild, das sich in den Köpfen für immer hält. Doch es ist nur teilweise richtig. Armut und Not drückten auch vorher schon und es gab viele, die nie getanzt haben, an keinem einzigen Tag. Doch will ich mich damit nicht aufhalten. Was mich ergötzt, sind genau diese Glücksfinalisten, wie ich sie heimlich nenne, die, die von diesem letzten Rest an Hoffnung gezehrt haben, diese kleinen Oasen der Glückseligkeit in der Zeit ausgekostet haben.

23. Potz Blitz

Sie landeten am Potsdamer Platz im Haus Vaterland. Einem pompösen Gebäude mit einem breiten Rundturm und hoher Kuppel. Eine Art Festung, die mit ihren hell erleuchteten Fenstern in die Nacht strahlte. Staunend durchwanderten sie die zahllosen Räumlichkeiten. Hier gab es scheinbar alles: ob bayrisches Restaurant, japanische Teestube, türkisches Café, spanische Bodega, Wild-West-Bar oder Varietés. Jeder Raum hatte seine ganz eigene landestypische Kulisse. Sei es die rustikale Holzvertäfelung oder bunte Seidentapeten. Die verschiedensten Essensdüfte waberten ihnen entgegen. Ob Sauerkraut oder orientalisch-würzig Gegrilltes. Begleitet von Tellerklappern und Gläserklirren, Korkenknallen, Musik und Gelächter. Das Gebäude war trotz der späten Stunde proppenvoll. Überall aßen, tranken, lachten, tanzten und sangen Menschen. Die Herren, teilweise geschminkt und in teuren Anzügen, die meisten Damen mit kurzen glitzernden Kleidern, Federn im Haar oder neckischen kleinen Hüten. Selbstbewusst, herausfordernd, keck. Nicht wenige lasziv in ihren Gebärden und mit Zigarette oder Zigarillo oder vielfältigen alkoholischen Getränken in der Hand. Pärchen, die eng umschlungen saßen oder sich intensiv und ungeniert küssten. Männergruppen, die lautstark feierten. Jean hatte nicht zu viel versprochen. Das hier waren wirklich die Zwanziger Jahre.

»Wahnsinn!« Luisa wusste gar nicht, wohin sie zuerst schauen sollte. Es war, als wäre sie mitten in einem Film gelandet, völlig unwirklich und doch so real. Neugier, Voyeurismus, Begeisterung, aber auch eine gewisse Scham und Verwunderung stritten miteinander. Sie spürte ganz deutlich: dies war ein Ort, an dem es kein Gestern oder Morgen gab. Der Augenblick zählte. »Einer der ersten großen Amüsement- und Eventtempel. Erlebnisgastronomie der Extraklasse!«, erklärte Frederic und auch er schien überwältigt von der dreidimensional und wieder real gewordenen, auferstandenen Epoche, von der sie so viel gehört hatten.

Jean bereitete ihr Staunen offenbar Vergnügen. »Das dachte ich mir, dass Ihnen das gefallen würde. Aber warten Sie mal ab, das wird noch besser.«

Er führte sie zu den Rheinterrassen. So nannte sich dieser Raum. Verwundert zunächst über den vergleichsweise wenig exotischen Rahmen, nahmen sie an einem für sie reservierten Tisch Platz. Monsieur Lucile orderte Getränke, Luisa und Elsa wollten sehr gerne den Jahrgang 1928 probieren, während sich Fiete und Frederic ein Glas Bier wünschten, Fiete zudem der Hunger gepackt hatte und sich daher einen rheinischen Sauerbraten mit Klößen bestellte.

Doch kaum hatten sie ihre Bestellungen erhalten, donnerte und blitzte es in dem Saal. So real, dass sie sich fragten, ob sie tatsächlich ein Unwetter inmitten des Hauses Vaterlandes heimsuchte. Elsa ließ zuerst eine Art spitzen Schrei von sich und lachte dann aber lauthals auf. Luisa fiel vor Schreck der kleine Hut runter, zu dem sie Elsa überredet hatte. Fiete verschluckte sich fast an dem Knödel, den er gerade genüsslich mit viel Soße getunkt und zum Mund geführt hatte. »Was … ist das?«

Allein Frederic blieb unbeeindruckt und wusste es mal wieder. »Im Haus Vaterland ist man gründlich, hier gewittert's stündlich!«

Jean amüsierte das und er ergänzte: »Ja, da ist dem Haus Vaterland was ganz Besonderes gelungen. Eine kleine nette Überraschung, die die Gäste erheitert und erschreckt zugleich. Und keine Sorge, ich hätte da noch so ein paar weitere für Sie.«

Elsa war begeistert. »Oh ja, Jean, zeig uns doch noch ein bisschen mehr vom wilden, zwielichtigen Berlin!«

Jean betrachtete sie leicht amüsiert und sah dann fragend in die Runde. »Nun ja, wenn das alle wünschen, es ließe sich einrichten.«

Und tatsächlich. Nachdem sie gut zwei Stunden im Haus Vaterland verweilten, lud Jean sie dazu ein, ihm zu folgen.

Sie zogen durch das nächtliche Berlin, doch anders als am Vortag, nicht um einen ruhigen Platz zu finden, sondern noch tiefer ins Nachtleben der wilden Zwanziger einzusteigen.

Er führte sie nach draußen, wo es abseits des leuchtenden Hauses Vaterland stockdunkel war und Luisa, Frederic und Fiete kaum wussten, wohin sie sich wenden sollten, aber Jean kannte sich offensichtlich sehr gut aus und eilte mit ihnen zügig und zielsicher bis zu seinem Wagen, sodass Fiete, der Oma Elsa in ihrem Rollstuhl schob, kaum hinterherkam. Lucile verriet nicht, wohin er sie führen würde, hieß sie lediglich einzusteigen und so fuhren sie durch die Nacht, bis sie in einer schmalen Gasse landeten. Leicht verwundert stiegen sie aus. Jean übernahm es diesmal, Oma aus dem Wagen zu heben, setzte sie vorsichtig in den Rollstuhl und schob sie bis zu der Eingangstür, die da unscheinbar im Dunkeln lag. Dann wandte er sich an die anderen drei: »Doch die im Dunkeln sieht man nicht … erst vorhin beim jungen Herrn Brecht gehört. Ich stelle Ihnen jemanden vor, der genau das, was sie so bewundern, am Laufen hält. Scheinbar unsichtbar …« Er zwinkerte Fiete zu. »Ihnen dürfte das gar nicht mal so fremd sein …«

Luisa wusste überhaupt nicht, was Jean damit meinte, Fiete konnte Jeans Anmerkung genauso wenig einordnen, allein Frederic hatte vielleicht eine gewisse Ahnung und runzelte die Stirn. Oma Elsa, etwas angetüdelt vom Rheinwein, berlinerte: »Wat auch immer es ist – ma rin ins Verjnüjen! Mach es nicht so spannend, Jean.«

Ihnen öffnete ein kräftiger Mann mittleren Alters in Trenchcoat und mit Schiebermütze, trotz der späten Nachtstunde offensichtlich gerade im Begriff zu gehen. »Lucile!« Sein Erstaunen war ihm anzumerken. Wenn Luisa sich nicht irrte, lag darin sogar ein leichtes Erschrecken. Was Luisa erneut überlegen ließ, wer dieser Jean Baptiste Lucile war, dieser Charmeur, der ausgerechnet der eigenwilligen und freiheitsliebenden Oma Elsa vor Jahrzehnten den Kopf verdreht hatte, nichtsdestotrotz Fähigkeiten besaß, die etwas unheimlich und unerklärlich waren.

»Matze! Es freut mich, dich gerade noch anzutreffen. Wenn du für uns etwas Zeit übrig hast, ich habe hier vier Gäste, die begierig sind, das wahre, glitzernde, dunkle Berlin kennenzulernen. Wenn du ein bisschen Zeit für uns übrig hast, wäre das äußerst freundlich.«

Matze sah bei näherer Betrachtung nicht unbedingt wie jemand aus, dessen Interesse es war, für vier völlig Unbekannte mitten in der Nacht eine Berlinführung zu machen. Er setzte auch gerade dazu an, etwas zu entgegnen, als Jean fortfuhr. »Ich weiß, ich weiß, deine Arbeit ruft. Aber das ist gar kein Problem. Wir kommen einfach mit.« Matzes Blick wanderte von Jean zu der alten Dame im Rollstuhl, dem dicken großen Mann mit den langen Haaren, einem dünnen Mädchen mit schiefem Hut und zuletzt einem Mann mittleren Alters mit Dreitagebart und Notizblock in der Hand. »Ja, aber …«

Jean entgegnete: »Matze, das ist großartig, dass du das machst. Und du kannst dir sicher sein, wir sind absolut verschwiegen.«

Matze räusperte sich. »Na, wenn's denn unbedingt sein muss, denn jehen wir mal los, wa.«

24. Babel

Die Tür wurde aufgerissen und ihnen taumelte ein betrunkener Mann entgegen. Als er die fremden Besucher sah, zog er seinen Hut und lallte. »Ja, kiek mal ener an, noch een paar Nachtschwärmer!« Und dann sah er zwischen Jean, Matze und Oma hin und her und lachte auf. »Und der Deibel, sein Lakei und seene Jroßmutta im Rollstuhl ooch noch dazu!«

Oma lachte, Frederic fand diese Bemerkung sehr frech, Fiete und Luisa staunten nur, Jean blieb ungerührt, besagter Matze reagierte jedoch wütend. »Sag dit noch eenmal und du sitzt selba im Rollstuhl!« Woraufhin der Mann trotz seines Suffs erschrocken zusammenzuckte und sich schnell hinweg trollte.

Sie fanden sich wieder in einer dunklen Spelunke, in der eine äußerst bunte Mischung zu Gast war. Heruntergekommenes Gesindel, aber auch Frauen in teuren Kleidern und Männer im feinen Anzug. Was sie hier alle suchten, wurde schnell offensichtlich: den weißen pulvrigen Rausch. Ungeniert sog eine Blondine mit Glitzerkleid gerade eine ordentliche Prise Kokain ein. Eine andere Frau hatte die gleiche Dosis wohl bereits intus und tanzte mehr oder weniger nackt auf dem Tisch. Und was da in den dunkelsten Ecken des Raumes so vor sich ging, man konnte es in dem schummrigen Licht nicht genau ausmachen. Die Musik mischte sich mit allerlei Geräuschen, die aber eine ganze Menge erahnen ließen. Viele saßen auch aufgrund der späten Stunde und wohl auch des Konsums verschiedenster berauschender Bestandteile wegen bereits vor sich hin dämmernd oder völlig weggetreten da, ohne von dem Treiben drumherum auch nur irgendetwas mitzubekommen.

Luisa versuchte ihren Blick abzuwenden, doch die Neugierde war einfach größer und sie konnte nicht anders als hinzustarren. Diese Gesichter. Zwischen Rausch, Ekstase und Desillusion. Sie hatte mal ein Gemälde gesehen. Otto Dix hieß der Maler, wenn sie sich richtig erinnerte. Es gab die Stimmung sehr gut wieder. Faszinierend und furchteinflößend zugleich. Nun war sie bereits im Moulin Rouge gewesen und in diesem seltsamen Hotel, war auch während der Dreigroschenoper Bettlern und Huren begegnet, wenngleich es nur Schauspieler waren, Brechts Sprache war jedoch derb und deutlich. Selbst im Haus Vaterland war sie etwas befremdet gewesen, doch nun, da sie die Twenties so real, unmittelbar und ungeschönt sah, war sie angezogen und abgestoßen zugleich. Matze verschwand kurz in einem der Hinterräume. Als er zurückkam, erklärte Jean: »Setzen wir uns alle zunächst. Und du, Matze, erzähl uns vom Verein. Ich bin mir sicher, das kann keiner so gut wie du.«

Matze hob die Augenbrauen. »Darüber kann ick nicht sprechen!« Jean aber entgegnete streng: »Doch, kannst du. Schau dich mal um, hier sind alle so weggetreten, das bekommt keiner mit und meine vier Freunde werden bald schon weiterreisen. Keiner wird etwas weitererzählen.«

Sie setzten sich an einen noch freien Tisch. Matze sichtlich widerwillig. Alle anderen neugierig. Vor allem Frederic spitzte die Ohren. Matze räusperte sich. »Wat soll ick erzählen? Se wissen det sowieso.« Er warf einen trotzigen, dennoch ängstlichen Blick zu Monsieur Lucile herüber, fuhr dann aber fort. »Wir halten untereinander zusammen. Und wir halten dieses jottverdammte Berlin zusammen. Die kleenen Leute sind dankbar dafor. Und wir versorgen sie mit dem, was sie brauchen …« Er machte eine Kopfbewegung zu der Frau, die hinter ihnen saß und sich auffällig genug in einen Zustand von weggetretener Glückseligkeit gebracht hatte.

»Sie besorgen ihnen Rauschgift?« Luisa war entsetzt.

Matze schnaubte. »Rauschjift? Wat fürn Wort. Wir ermöglichen sie den Rausch. Det kurze Verjnüjen und Glück in diesem Elend. Aber det is längst nicht allet. Wir holen die armen Schweine von der Gosse, die Ausgestoßenen, Vergessenen. Wir sind ne starke Bruderschaft.« Er drehte dabei an seinem auffälligen Siegelring, den er an der linken Hand trug.

»Die Ringvereine …« Frederic flüsterte es fast, doch nicht leise genug, als dass Matze es hören konnte. »Woher wissen Se det? Wir … sind jeheim. Keener kennt uns …«

Frederic erinnerte sich plötzlich, dass die Ringvereine lange Zeit nur im Untergrund gearbeitet hatten und erst Ende 1928 durch einen eskalierenden Straßenkampf bekannt geworden waren. Er war also in diesem August 1928 noch zu früh mit seinem Wissen. Daher beeilte er sich, eine schnelle Ausrede zu finden. »Ach … also der Ring. Ich dachte mir einfach, ein passender Name …« Matze musterte ihn dennoch misstrauisch.

Elsa kam Frederic zu Hilfe und fragte auf ihre direkte und fröhliche Art: »Ich finde es immer fantastisch, wenn man sich um die Ausgestoßenen und Vergessenen kümmert. Wer genau sind diese Menschen und was tun Sie?«

»Nun … Haftentlassene, Menschen, die im Knast waren und ihre Heimat verloren haben. Wir jeben den Arbeit und en Dach übern Kopp. Wir sind wie ne neue Familie. Und sogar den Bullen bester Freund und Helfer. Und wir sin och strikt jegen Mord und derjleichen. Wir sind nen ehrenvoller Verein.«

»Ahhh … das klingt irgendwie spannend«, antwortete Oma und während sie wohl darüber nachdachte, meldete sich Fiete, der bei der letzten Aussage Matzes neugierig geworden war, zu Wort.

»Das kenn ich. Auch wenn das mit dem Dach auf dem Kopf zuletzt nicht mehr so gut geklappt hat. Aber Bruderschaft und Familie sind ne gute Sache. Ein bisschen Knast kenn ich auch. Aber die Polizei war auch immer auf meiner Seite. Hab da immer Glück gehabt.«

»Ach, kenn ick den Verein? Bist doch nicht bei der Konkurrenz, wa?« Matze war schlagartig auf Fiete aufmerksam geworden und beäugte ihn wachsam.

Fiete grinste. »Nee. Die kennst du nicht. Ist im Rheinland. Und wir machen mehr so in Krafträder und so …« Frederic schaute ihn prüfend an, verzichtete dann aber auf einen Kommentar. Dass Fiete zumindest nicht ein Rocker von der ganz bösen Sorte war, wollte er gern glauben. Doch erinnerte er sich, dass er ihn noch zu so einigem interviewen wollte. Diese unerwartete Zeitreise hatte freilich seinen Blick seither auf anderes gelenkt. Der Vergleich der Berliner Ringvereine mit den gut zwanzig Jahre später erst in den USA entstandenen Rockerclubs war freilich gar nicht so uninteressant. Er musste beizeiten darüber mal nachdenken. Frederic wusste, dass die Vereine unter den Nationalsozialisten verboten wurden. Aber das war nichts, was sie im Nachhinein adelte. Die Ringvereine hatten mit Prostitution, Drogenhandel, Hehlerei und so weiter zu tun. Kurzum um das gesamte Paket an organisierter Kriminalität.

Frederics Blick wanderte zu Luisa. Er musste schmunzeln, als er beobachtete, wie Luisa staunend Matze und die ungewohnte Umgebung betrachtete. War sie noch anfangs so verschüchtert gewesen, schien sie an diesem wilden Zeitreisetrip wohl irgendwie allmählich Gefallen zu finden, sich dieser gewissen Faszination jedenfalls nicht entziehen zu können. Ihm ging es ähnlich. Es war, als wären sie in einen Kinofilm geraten und könnten ohne Gefahr den wüstesten Dingen beiwohnen. Doch irgendetwas warnte ihn, dass sie, obschon auf Zeitreise, dennoch auf der Hut sein mussten. Auch Lucile gab ihm zunehmend Rätsel auf. Warum machte er das hier alles? Wieso gab er sich so viel Mühe mit ihnen? Weihte sie jetzt sogar in die dunkelsten Geheimnisse ein? War er doch selbst eine arg nebulöse Gestalt, wie Frederic zunehmend argwöhnte. Dass die alte Elsa, die er zwar für etwas verrückt, dennoch liebenswert und auch für klug hielt, so unbeirrt zu ihm stand und unverhohlen anhimmelte, irritierte ihn. Eines interessierte ihn jedoch, hatte es doch schon Lucile angedeutet, und er stellte daher Matze erneut eine Frage: »Sie sagten, Sie halten Berlin in Schwung? Sie haben also auch die Politiker und die Polizei im Griff?«

Matze grinste: »Aber natürlich! Der Laden würde ohne uns sofort zusammenbrechen. Wir machen det hier alles erst jolden. Wir jeben ihnen det Glück.«

Dieser Satz machte vor allem Luisa nachdenklich. Das Glück, der Glanz, das Goldene dieser goldenen Zwanziger – das alles nur ein Trugschluss? Ein bloßes Aufrechterhalten durch korrupte Organisationen? Das war sehr ernüchternd.

Der Zeitenwandler

Was der Absinth für die Belle Époque war, ist Kokain für die goldenen Jahre. Ahh … dieses Glück zum Einnehmen und Inhalieren. Es fasziniert mich. Sie verkaufen dafür ihre Seele. Alle. Als wüssten Sie genau, was nachher kommt und dass es besser ist, im Rausch und Wahn zu verrecken als später auf dem Schafott oder im Schützengraben. Auf meinen Reisen durch die Zeit muss ich immer wieder hier innehalten. Auch wenn es in den Jahren danach so viel mehr zu tun gibt, ruhe ich mich gerne hier aus und betrachte das Treiben mit Interesse: ein bisschen so, wie wenn man einen eifrigen Ameisenhaufen beobachtet, der nicht ahnt, dass der Wald längst brennt und es hoffnungslos ist.

25. Fragen

Fiete wachte erst am späten Vormittag auf und musste sich zunächst einmal orientieren. Wo war er? Er lag in einem Bett mit frischen weißen Laken und weißen Kopfkissen. Auch um ihn herum war alles piekfein und sauber. Es war nicht das Obdachlosenheim, nicht Frederics Wohnung, nicht das opulent dekorierte La Maison in Paris und auch nicht die Hängematte in dem Berliner Hinterhofgarten. Es war nicht mehr Januar oder April. Sondern Hochsommer. August. Warme Sonnenstrahlen und der Sommerwind streiften die leicht hin und her wehenden Gardinen vor den geöffneten Fenstern. Von draußen hörte er gedämpft Hupen, Motorengeräusche und Menschenstimmen. Dann erinnerte er sich wieder. Berlin. 1928. Das Programm am Vortag war beachtlich gewesen: Wannsee, der Einkauf im Berliner Kaufhaus, die Dreigroschenoper, Haus Vaterland und die Spelunke mit dem Typen vom Ringverein. Lucile hatte sie nach dem nächtlichen Ausflug zu dem Hotel zurückgebracht, in dem sie schon vor ihrem Abendprogramm kurz Station gemacht hatten. Sie waren alle mit dem Aufzug nach oben gefahren und schnell in ihren Zimmern verschwunden. Selbst Oma, die ja über eine Ausdauer in ihrem Alter verfügte, die ihn mehr als erstaunte, war erschöpft gewesen und in ihrem Rollstuhl schon halbwegs eingenickt.

Nun hatte er endlich Zeit nachzudenken. Es waren gerade mal drei Tage, die sich aber anfühlten wie ein halbes Jahr, vielleicht auch, weil sie nicht nur durch die Jahrhunderte und Jahrzehnte, sondern auch in den Jahreszeiten gesprungen waren. Oma hatte recht. Sie alle vier hatte nichts in der Gegenwart gehalten, jeder auf seine Weise wollte wohl fort, raus, weit weg. Sich ausprobieren, Abenteuer erleben, sich selbst und Verlorengegangenes wiederfinden: Lebensglück – und natürlich auch die Liebe. Bei der jungen, doch etwas hilflosen Luisa, war es die Suche nach ihrer Lebensbestimmung und wohl auch ein Freund. Für Frederic seine Schreibmuse und gewiss auch eine weibliche Muse, die netter mit ihm umgehen würde als seine Exfrau. Bei Oma? Hm, da wurde es schon schwieriger. Er konnte es nicht ganz nachvollziehen. Oma wollte noch einmal etwas erleben und es war wohl Lucile, den sie aber damit ja schon wiedergefunden hatte. Wobei ihm diese jahrzehntelange Geschichte zwischen den beiden doch einige Rätsel aufgab. Lucile sowieso. Ob er auch hier in dem Hotel übernachtet hatte? Das war irgendwie eine komische Vorstellung. Aber dennoch merkte man, dass das Herz der alten Dame immer noch für diesen mysteriösen Zeitreisenden schlug. Das entging nicht einmal so jemandem wie Fiete. Und manchmal war er ja doch etwas blind für solche Dinge. So sehr er auch in seinem tiefsten Herzen ein Romantiker war.

Aber, was wollte Fiete selbst? Er wollte noch einmal die Freiheit spüren. Ob allerdings ein solcher Ritt durch die Zeit dafür gute Chancen gab, dessen war er sich nicht so sicher. Ein Klopfen riss ihn aus seinen Gedanken. Er wuchtete sich aus dem Bett, zog sich schnell den Hotelbademantel über und öffnete die Tür. Oma stand in ihrem Rollstuhl vor ihm. Frisch frisiert und schick umgezogen mit einem ihrer neuen Zwanzigerjahrefummel. Und da waren auch Luisa und Frederic. Ebenfalls neu umgekleidet in den neuen Errungenschaften aus dem Kaufhaus Jandorf: Luisa mit einem netten kurzen Kleid, Frederic in Hemd und Shorts. Die beiden sahen jedoch noch müder aus als Oma. »Na los! Frühstücks-, oder besser gesagt Mittagszeit, du Murmeltier!«, rief Elsa energisch.

»Morschen«, grunzte Fiete. »Mensch Elsa, bist du schon wieder fit? Und ich fürchte, auch schon wieder voller Tatendrang.«

Elsa gab zu: »Ehrlich gesagt, ja.«

»Okay, okay«, stöhnte Fiete, »Aber bevor ich wieder gleich mit dem Rollstuhltaxi durch das Brandenburger Tor fahren muss, lasst mich noch bitte frühstücken.«

Luisa lachte. »In diesem feinen Hotel gibt es bestimmt auch noch um die Zeit etwas zum Frühstück, wenn du dich beeilst.«

Sie warteten noch, bis Fiete sich umgezogen hatte. Und obwohl Elsa, Luisa und Frederic schon gegessen hatten, begleiteten sie ihn, um ihm Gesellschaft zu leisten, wohl aber auch, um baldmöglichst mit ihrem Anliegen herausrücken zu können. Während Fiete noch sein Rührei mit Speck aß, nahm Oma eine Zeitung hervor, blätterte sie auf und legte die aufgeschlagene Seite dann auf den Tisch. Mit dem Finger deutete sie auf einen Artikel, neben dem auch ein Foto zu sehen war.

»Du bist in der Zeitung.«

Fiete aß seelenruhig weiter, betrachtete das Foto und sah dann Elsa wieder an. »Also, ich mag ja noch etwas müde sein und ich habe auch meine Lesebrille nicht dabei – aber du offensichtlich auch nicht.« Er zeigte mit seiner Gabel, auf der ein bisschen Speck und Ei aufgespießt war, auf das Foto in der Zeitung. »Das hier bin nicht ich, Elsa. Ich finde auch wirklich nicht, dass ich Ähnlichkeit mit ihm habe. Das ist dieser Bert Brecht.«

Oma schaute ihn an und lachte laut auf. »Nein, ich meine doch nicht das Foto. Du bist in dem Zeitungsartikel erwähnt. Nicht mit Namen oder so, aber mit dem, was du gesagt hast. Also indirekt. Ich finde das phänomenal. Es ist der allererste Beweis, dass wir das hier nicht alle träumen.«

Sie nahm das Blatt und las: »*Aber sich den Obdachlosen und Bettlern zu widmen, ist immer eine gute Idee.* Das hast du gesagt.«

»Ist ja ein Ding. Schreibt das Blatt auch etwas über die Rolling Stones?«

Oma grinste. »Nein. Das hätte vermutlich für Verwirrung gesorgt.«

Frederic betrachtete die Zeitungsseite kritisch und zog die Stirn kraus. »Das wäre dann eine Veränderung in der Geschichte. Zumindest bedenklich. Wenn wir wieder in der Gegenwart sind, müssten wir mal in den Archiven schauen, ob das auch so dort zu finden ist. Das wäre spannend.«

»Ja. Das wäre es wirklich«, fand auch Luisa. Dann erinnerte sie sich an das Gespräch mit Frederic. Und ihr fiel das Foto wieder ein, auch bemerkte sie jetzt erst, dass Lucile gar nicht da war. Als sie Oma danach fragte, entgegnete diese nur: »Ach, er kommt und geht. Ich glaube, das darf man bei einem Zeitreisenden nicht weiter hinterfragen.«

Frederic sah Oma nachdenklich an. »Du vertraust Jean aber?«

»Aber selbstverständlich! Glaubt ihr, ich hätte euch sonst auf diese Reise mitgenommen? Auch und vor allem meine Enkelin? Natürlich nicht!« Oma Elsa war nahezu entrüstet.

»Hm. Ja, das denke und hoffe ich ja auch«, erwiderte Frederic. »Aber«, fügte er hinzu, »was ist dann das mit diesem Foto? Warum sagt er uns nichts dazu und was genau fürchtet er?«

Luisa nickte und auch Fiete stimmte Frederic zu. »Elsa. Ich muss zugeben, das ist so eine Sache. Und du weißt ja, ich will noch unbedingt die Achtziger Jahre sehen und das möglichst unbeschadet.«

»Deinen Wunsch habe ich nicht vergessen. Ich weiß es nicht genau. Aber ich bin mir sicher, Jean will, dass wir auf dieser kleinen Zeitreise nur Gutes erfahren.«

»Das wollen wir hoffen … Zeig das Bild doch noch einmal. Vielleicht haben wir irgendetwas übersehen«, gab Luisa zu Bedenken.

Elsa nahm das Foto wieder heraus und legte es auf den Tisch.

Sie rückten alle noch ein Stückchen näher und betrachteten es gemeinsam.

»Es ist Abend oder Nacht. So viel ist klar«, beschrieb Fiete und ergänzte: »Es sind viele Menschen. Sie recken die Arme hoch. Es sieht so aus wie auf einer großen Feier, meint ihr nicht auch?«

Sie nickten alle. Luisa beugte sich noch etwas näher über das Bild. »Und es muss draußen sein und jedenfalls keine warme Sommernacht. Schau mal, das sieht doch aus, als würden die Menschen dicke Jacken tragen, nicht wahr? Auch dieser Mann in der Mitte trägt einen Mantel.«

»Stimmt.« Frederic nahm das Bild vom Tisch und hielt es gegen das Licht. »Schaut mal, da. Als würden da Gegenstände durch die Luft fliegen, und da ganz hinten. Menschen, die etwas weiter erhöht stehen. Und …« Er runzelte die Stirn. »Irgendetwas kommt mir bekannt vor … als wäre ich da schon mal gewesen, aber ich komme nicht drauf.«

Luisa betrachtete Frederic. »Dir kommt etwas bekannt vor? Du kennst also den Ort?«

»Ja, aber vielleicht bilde ich es mir nur ein«, antwortete Frederic.

Die anderen sahen ebenfalls nochmals genau hin. Fiete fuhr nachdenklich fort: »Stimmt, Frederic, da fliegen irgendwelche Gegenstände. Man kann aber beim besten Willen nicht erkennen, was es ist. Hm, aber ich fände das auch mit diesen Jacken interessant. Erinnert mich an was. Also jedenfalls glaube ich, das ist nicht in den Zwanzigern, auch nicht in den Dreißigern. Das ist viel später …«

»In eine spätere Zeit werde ich meine lieben Zeitreisenden wohl auch bald schicken.«

Keiner hatte ihn bemerkt. Monsieur Lucile stand plötzlich neben Elsa, beugte sich zu ihr hinunter und gab ihr einen Kuss. »Lucile!« Wie ertappt, schreckte Elsa nahezu auf, nahm hastig das Bild an sich und errötete dann.

»Wir … ähm …«

»Sie wollen mehr über das Foto wissen. Das verstehe ich. Aber ich sage es hiermit ganz ehrlich: Ich weiß es selbst nicht.«

»Lucile, du weißt es selbst nicht?« Jetzt war auch Oma erstaunt.

»Nein, ich reise schon seit geraumer Zeit, um es herauszufinden …«

26. Let's go to America!

Das … ist interessant …«, meinte Fiete schließlich, nachdem sie alle eine Weile geschwiegen und Lucile erstaunt angesehen hatten. »Und was spielen wir für eine Rolle dabei?«

»Auch wenn ich nicht weiß, ob ich es wünschen soll – Sie können mich vielleicht zu der Lösung führen.« Lucile nahm ein Bündel mit amerikanischen Dollars hervor und legte es auf den Zeitungsartikel.

Elsa runzelte die Stirn: »Jean, wozu dieses Geld?«

Dieser setzte sich. »Nun. Das Geld an sich ist nicht so wichtig, kann dennoch ganz nützlich sein. Es ist sozusagen zusammen mit diesem Artikel Ihr Ticket für die nächste Zeitreise. Sofern Sie alle bereit sind.«

»Zusammen mit dem Artikel unser Ticket? Wir werden also schon wieder Berlin verlassen?« Elsa war offensichtlich etwas enttäuscht.

»Ja. Aber keine Sorge. Meine liebe Elsa, Sie werden es lieben. Sie alle werden es lieben. Da bin ich mir ganz sicher.«

Fiete hatte auf die Dollars gestarrt. Plötzlich erhellte sich sein Blick.

»Es geht nach Amerika?«

Jean nickte und lächelte. »Ja, genau! Ihr Traumziel,

nicht wahr?«

»Aber so was von!« Fiete war begeistert und wandte sich nun Frederic und Luisa zu, die beide noch nichts gesagt, sondern nur verwundert von einem zum anderen geschaut hatten.

Frederic räusperte sich schließlich. »Okay. Stellt sich nun die Frage: Wie kommen wir dorthin? Geht es wieder durch das Brandenburger Tor oder gibt es für Reisen, die aus Europa hinausführen, ein anderes Zeitportal? Und können wir wieder mit dem Rollstuhltaxi reisen oder nehmen wir diesmal Ihren Adler?«

Lucile sah Frederic leicht amüsiert, aber auch anerkennend an. »Ja. In der Tat. Es wird diesmal eine Fahrt um die Friedenssäule sein. Und da ich noch ein bisschen hier zu tun habe, werden Sie mit dem Rollstuhltaxi vorfahren. Aber ich werde nachkommen. Den Spaß werde ich mir nicht entgehen lassen.«

»Oh, Jean. Das hoffe ich doch sehr! Jetzt machst du mich aber neugierig … kannst du uns nicht noch einen Tipp geben, wo wir landen werden?«

Jean lächelte Elsa an. In einer Art und Weise, die einen alle Bedenken ihm gegenüber kurzfristig vergessen ließ. Mein Gott, dachte sich Frederic in dem Moment, dieser mysteriöse Mann mag Elsa wirklich. Wobei er es eigenartig fand, dass er Elsa weiterhin siezte, während er diesen Matze geduzt hatte. Und auch Elsa doch schon längst zu dem vertrauten Du übergegangen war. Aber Lucile war da wohl altmodisch, was bei einem Zeitreisenden auch nicht weiter verwundern musste.

Jean Baptiste Lucile gab dann auch Elsa die Antwort: »Ich kann Ihre Neugierde verstehen. Diese Freude müssen Sie mir wirklich gönnen. Ich kann einen einzigen Tipp geben: Es wird einige Jahrzehnte in der Zeit weiter voran gehen. Mehr verrate ich nicht.«

Zumal sie ja nun fast hundert Jahre von ihrer Gegenwart entfernt waren, kam da immer noch genug in Frage. Und so war es nur allzu verständlich, dass sie nun alle noch neugieriger waren.

Luisa fragte: »Wann … soll es denn los gehen?«

»Nun«, antwortete Jean, »im Prinzip sofort.«

»Oh, mein Gott!« Elsa war sichtlich geschockt. Gewiss spielte mit hinein, dass sie diese nächste Zeitreise lieber zusammen mit Jean gemacht hätte. Und beide Zeitreisetrips mit dem Rollstuhltaxi waren zwar gut ausgegangen, aber nicht ohne eine gewisse Aufregung gewesen.

»Ah. Da fällt mir noch etwas ein. Haben Sie Decken, Regensachen und ein Zelt im Taxi dabei?«

»Decken, Regensachen und ein Zelt?«, wiederholte Fiete erstaunt und sah mit etwas Sorge zu Oma im Rollstuhl. »Nein, das haben wir nicht«.

Lucile nickte. »Das habe ich mir gedacht. Na, dann

machen wir doch nochmals eine kleine Einkaufsfahrt in die Stadt.«

Sie ergatterten mit Luciles Hilfe dann tatsächlich Regencapes, Decken, Schlafsäcke und zwei Militärzelte. Lucile amüsierte sich darüber. »Die werden gewiss besonders gut ankommen.« Eine Bemerkung, die keiner so recht verstand. Als er auch noch vorschlug, dass sie sich mit genug Wasser, vielleicht auch Wein und ein paar Lebensmitteln ausstatten sollten, wurde Elsa dann aber auch skeptisch. »Oh mein Gott, Lucile, was hast du mit uns vor?«

»Nun. Das wird sich zeigen. Früher oder später.«

»Dann sollen wir also jetzt aufbrechen?«

Lucile überlegte. »Ich denke, ich spendiere noch 'ne gute Berliner Bulette, wir holen Ihre Sachen aus dem Hotel und ich setze Sie dann bei diesem tollen Taxi ab.« Er lächelte. »Übrigens so ein Rollstuhltaxi für eine Zeitreise zu nehmen, ist wirklich genial. Das muss ich schon sagen. Man ist damit doch für alle Zeiten gewappnet.«

Fiete grinste daraufhin. »Tja. Das habe ich mir auch gedacht.«

Auch Elsa reagierte auf Luciles Anmerkung mit Humor. »Ja, so kann die alte Elsa eben auch ohne ihre Beine noch durch die Zeit schwirren.«

Sie eilten zurück zum Rollstuhltaxi, begierig zu erfahren, was genau sich Jean Baptiste Lucile da ausgedacht hatte. Als sie mit all ihrem Gepäck im Wagen saßen, beugte sich Lucile zum Fahrerfenster. »Wir werden uns sehen. It‘s a long time gone, I‘ve been there.«

Elsa wollte gerade noch fragen, warum er plötzlich Englisch sprach, aber da startete Fiete bereits den Motor, um zur Friedenssäule zu fahren. »Auch als Siegessäule bekannt. Die im Jahre 1928 noch auf dem Königsplatz stand und nicht am Mehringplatz«, wie Frederic noch zu ergänzen wusste.

Es brauchte ganze zehn Runden um die Säule und ein regelrechtes Blitzgewitter mit Omas Kamera, bis es schließlich dunkel wurde. Der Wagen zitterte und wackelte und sie alle schlossen, wie die beiden Male zuvor, aus Furcht die Augen.

Dann folgte Stille. Und ein leises Muhen.

Sie standen mitten auf einer Weide. Die Sonne schien. So weit sie sehen konnten: Felder und Wiesen. Und mehrere Kühe starrten sie erstaunt an.

»Herr im Himmel … wo sind wir denn jetzt?« Fiete war der erste, der ihre Landung in dieser eher unerwarteten Umgebung kommentierte. Auch Oma blickte verdutzt und zupfte verlegen an ihrer seidenen Stola, die sie zur Feier des Tages angezogen hatte. Frederic und Luisa waren in gleichem Maße ratlos.

»Wir sind irgendwo auf dem Land. So viel steht fest«, erklärte Frederic sachlich. »Es gibt Bäume und Sträucher, Weiden, Felder und Kühe. Es ist augenscheinlich noch Sommer. Und …« Er betrachtete den Himmel. »Ich glaube, es ist um die Mittagszeit. Aber ansonsten – wo und in welchem Jahr wir gelandet sind, kann man in keiner Weise erkennen.«

Fiete knurrte. »Nun. Wie auch immer. Wir sollten uns hier vom Acker machen. Ehe die gesamte Kuhherde auf uns aufmerksam wird.«

Sie waren mittlerweile von einer ganzen Horde Rinder umringt, die das Rollstuhltaxi auf der Weide offensichtlich als unpassend empfand.

Also startete Fiete erneut den Wagen. Auf dem weichen Untergrund drehten die Räder zuerst durch, doch schließlich schaffte er es holpernd über das Gras und fand sogar ein Gatter, das sich öffnen ließ und sie aus dem Revier der empörten Rindviecher befreite. Alsbald führte der Weg auf eine Landstraße.

Vor ihnen fuhr ein bunter kleiner Omnibus. Aus dem offenen Beifahrerfenster hatte jemand die Füße herausgestreckt. In der Ferne kreiste ein Hubschrauber. Luisa rief: »Hört ihr das auch? Da müssen irgendwo ganz in der Nähe sehr viele Autos und Menschen sein.«

Sie lauschten. Und tatsächlich. Eine Mischung aus Hupen, Musik und Menschenstimmen drang zusehends lauter zu ihnen durch. »Stimmt, ich höre es jetzt auch«, wunderte sich auch Oma. »Was mag das nur sein?«

Kurz darauf stießen sie auf einen Autokorso, der die gesamte Straße ausfüllte und sich, soweit das Auge reichte, vor ihnen hinzog. Viele Menschen waren aus den Autos ausgestiegen, saßen teilweise sogar auf ihren Wagen. Einige liefen mit Gepäckstücken und Rucksäcken neben der Autoschlange.

»Mein Gott! Was ist denn hier los?« wunderte sich Luisa. Fiete antwortete. »Ein ziemlicher Stau, würde ich sagen. Mit verblüffend gelassenen Menschen …«

Aus dem kleinen Omnibus vor ihnen stieg ein junger Mann mit langen lockigen Haaren, Jeans und nacktem Oberkörper aus und zündete sich eine Zigarette an. Es folgten zwei junge Frauen. Die eine mit Bikinioberteil und kurzen Fransenshorts, die andere in einem weiten bunten Kleid. Fröhlich, unbeschwert, als hätten sie sich genau hier zum Kaffeekränzchen verabredet.

Frederic starrte aus dem Fenster. Dann wandte er sich an Oma, die immer noch schwieg, auf deren Gesicht sich aber ein Grinsen ausbreitete.

»Elsa, denkst du das Gleiche wie ich? Also … kommt dir das irgendwie bekannt vor?«

»Ich bin ja schon alt und vielleicht schon etwas dusselig im Kopf, habe aber unzählige Male die Bilder und Filme gesehen. Ja, wenn es nicht etwas verdammt Ähnliches ist, dann könnten wir beide recht haben.«

Luisa sah von Oma zu Frederic. »Wovon redet ihr eigentlich?«

Fiete öffnete die Fahrertür und sprang hinaus. »Meine Lieben. Ich werde jetzt einfach mal fragen. Dann wissen wir mehr.«

Mit schweren Schritten bewegte er sich auf die Gruppe der jungen Leute zu, die sich um die Fahrzeuge versammelt hatte. Elsa, Frederic und Luisa beobachteten ihn gespannt. Er wechselte ein paar Worte mit den jungen Menschen, die daraufhin fröhlich lachten. Fiete lachte mit. Dann trabte er gelassen zum Taxi zurück, öffnete die Fahrertür und setzte sich wieder.

»Und? Na, sag schon was!« Oma trommelte dabei ungeduldig mit den Händen auf den Lehnen ihres Rollstuhls.

»Ja, was soll ich sagen? Es ist kurz nach eins. Und wir haben den fünfzehnten August 1969. In etwa fünf Stunden beginnt *Three Days of Peace and Music*. Besser bekannt als Woodstock.«

27. Love, Peace and Music

Frederic hatte als Erstes reagiert und ein »Yes!« von sich gegeben, Oma einen Jubelschrei, Luisa nur staunend geguckt. Natürlich hatte sie bereits von diesem Woodstock-Festival gehört. Sie wusste allerdings nicht so viel darüber. Oma hatte es manchmal erwähnt. Es war wohl das absolute »Hippie«-Event gewesen. Dass Jean Baptiste Lucile sie hierhin schicken würde, darauf wäre sie im Leben nicht gekommen. Aber Luciles Bemerkung »*Sie werden es lieben. Sie alle werden es lieben*« machte jetzt Sinn. Er musste gewusst haben, dass Elsa total begeistert von diesem Peace-and-Love-Ding war.

Sie machten es dann wie alle. Packten Zelte, Decken, Schlafsäcke, Regenmäntel und etwas Proviant zusammen und stopften einiges auch in Omas Rollstuhl, der über einen Korb und Seitentaschen verfügte.

Und anschließend ging es zu Fuß los, die Straße entlang, vorbei an Tausenden von Autos. Zusammen mit Tausenden von Menschen. Zu einem hügeligen Festgelände, dessen Umzäunung schon längst von sagenhaften Hunderttausenden niedergetrampelt war.

»Wahnsinn!«, rief Luisa aus. Sie blickten herab auf ein gigantisches Feld mit Menschen, in dem mehrere große Holztürme mit Lautsprechern standen, und am Ende eine riesige Bühne. »So viele Menschen auf einmal habe ich noch nie gesehen! Aber was ist mit dem Eintritt? Kostet es nichts?«

»Das war sehr wohl mal so gedacht, aber wie du siehst, unmöglich bei der Menge an Menschen und den unzureichenden Absperrungen durchzusetzen«, erklärte Frederic.

»Na, dann werden wir uns mal ein nettes kostenloses Plätzchen suchen«, schlug Fiete grinsend vor.

Das Konzert begann mit einem Musiker, den Fiete, Oma und Luisa nicht kannten. Er sprang als first act für eine Gruppe ein, die noch nicht eingetroffen war. Allein Frederic war aufgeregt. »Booah, wartet mal ab. Der wird was Hammermäßiges am Schluss spielen. Völlig improvisiert und aus dem Stegreif.« Dabei ahmte er ein paar Gitarrenriffe nach und skandierte *Freedom*. Ein Mann, der neben ihnen saß, nickte versonnen, oder besser gesagt ziemlich weggetreten zu Frederics Kommentar. »Yeahh, brother, freedom, brother.« Als *Richie Havens* dann tatsächlich das von Frederic angekündigte Stück spielte, betrachtete er Frederic mit einem glückselig berauschten Blick: »You‘re a visonary! Brother, I love you!« Und umarmte ihn, um Frederic dann seinen Joint anzubieten, den dieser dankend ablehnte.

Es regnete zwischendrin, ein paar Bands folgten, die

keiner von ihnen kannte. Es waren sicher auch ein paar schiefe Töne und heisere Stimmen dabei und nicht jedes der Stücke konnte sie vollends vom Hocker reißen. Ansteckend waren dennoch die Leichtigkeit und Freundlichkeit all dieser unzähligen Menschen, die die objektiv gesehen doch recht unkomfortable Konzertumgebung völlig gelassen hinnahmen. Es wirkte so, als wenn ein nicht geringer Teil der Menschheit auf einem viel zu kleinen Planeten gelandet war, dies aber als so gottgegeben ansah und sogar freudig begrüßte, als wäre es das Normalste oder sogar Schönste der Welt. Elsa und auch Luisa fanden das dichte Beieinander mit so vielen fremden Mitmenschen etwas gewöhnungsbedürftig. Frederic studierte das alles dagegen fasziniert und war zeitweise auch nahezu entrückt. Fiete starrte vor allem nach den leicht bis fast gar nicht bekleideten Mädchen und Frauen und murmelte immer wieder vor sich hin: »Unfassbar«, oder »Donnerlüttchen«, oder so.

Als *Joan Baez* sie zu später Stunde fast in den Schlaf sang, erinnerten sie sich an ihre mitgebrachten Zelte und bauten diese neben dem Festgelände auf. Zusammen mit allen, die nicht ihre Autos aufsuchten oder es vorzogen, mitten auf dem Gelände im Freien zu schlafen. Oma teilte das Zelt mit Luisa, Fiete mit Frederic.

Genauso wie in Paris und Berlin zog es jedoch sowohl Frederic als auch Luisa nochmals aus ihren Zelten. Als sie einander entdeckten und dann noch fast zur gleichen Sekunde »Ertappt« sagten, mussten sie beide lachen. In der Nähe war ein kleiner See. Und obwohl es dunkel war und regnete, ließen sie sich dort unter Bäumen nieder. Dankbar für die Regenjacken, zu denen Lucile ihnen geraten hatte. Eine Weile betrachteten sie den Mond, der dort zwischen den Bäumen durchschimmerte, und lauschten den Stimmen und Geräuschen, die von dem Feld mit den tausenden Woodstock-Besuchern herüberschwappten.

»Das hier gefällt dir, nicht wahr?«, fragte Luisa.

Unter der tief ins Gesicht gezogenen Regenkapuze und in der Dunkelheit konnte sie kaum Frederics Gesichtszüge erkennen. Aber dennoch erahnte sie seinen Ausdruck. »Jaaa. Das gefällt mir«, sagte er. Und allein dieses langgezogene »Ja« zeigte Luisa, dass das hier Frederic echt ein paar Nummern besser gefiel als die Weltausstellung oder Berlin 1928.

»Aber warum eigentlich? Ich bin auch irgendwie geflashed. Aber ich weiß nicht genau, wieso. Ich meine, eigentlich ist es doch ein ziemliches Chaos.«

Frederic lachte. »Ja, das kann man wohl sagen. Ich weiß auch nicht. Vielleicht weil es all das verkörpert, was ich bisher in meinem Leben nicht hatte. Freiheit, einfach etwas verrückt sein, alles sausen lassen, unvernünftig sein, etwas zu tun, ohne nach dem Warum zu fragen.«

»Das klingt irgendwie voll nach Oma Elsa. Also entweder hat sie dich damit angesteckt, oder es ist echt das, was dir gefehlt hat?«

»Hm. Darüber habe ich bis jetzt nicht nachgedacht. Aber natürlich hat Elsa einen starken Impuls gesetzt. Schon damals bei der Lesung. Ich habe irgendwie bislang mein Leben verpasst. Es war zeitweise so, dass ich selbst nicht mehr wusste, was ich eigentlich wollte, und das hier …«, er machte mit der Hand eine vage Bewegung in die Dunkelheit. »Das hier – ich weiß nicht, ich finde es so großartig, weil …«

»Weil du weißt, dass es großartig wird?«

Frederic sah Luisa verblüfft an. »Das wollte ich gerade auch sagen.«

»Tja. Dann ist das wohl so. Aber …« Luisa überlegte. »Du weißt so viel darüber, weil so viel darüber geschrieben wurde, du kennst die Filme und so. Und es ist halt ein Mythos. Du kennst aber noch nicht deine persönliche Geschichte, die sich nun in der Zeit, in der wir hier sind, abspielt. Wir sind ja nicht nur Zuschauer.«

»Da hast du recht.« Frederic schwieg eine Weile. Dann sagte er: »Unsere persönliche Geschichte mischt sich einfach in diese geschehene, das ist wirklich total verrückt.«

»Ja«, antwortete Luisa. »Aber im Grunde ist das doch immer so. Ich meine, neben diesen großen Geschichten passieren doch immer ganz viele kleine, über die niemand schreibt, und die vielleicht auch kaum jemand erfährt. Oma hat mal erzählt, dass sie während der Hochzeit von Prinzessin Di alle Kakteen umgetopft und sich dabei mehrmals gestochen hat. Sie hätte daher geahnt, dass das eine problematische Ehe werden könnte.«

Frederic lachte auf. »Elsas Kaktusorakel! Herrlich! Oh ja, da habe ich auch so etwas. Als die Mauer fiel, warst du noch nicht am Leben und auch ich noch ein Drei-käsehoch. Aber ich habe parallel dazu zusammen mit meinem Opa mein erstes großes Puzzle fertiggestellt und muss mächtig stolz darauf gewesen sein.«

»Ja, super! Was war es denn für eins?«

»Der arme Poet.«

Luisa kicherte. »Na, dann stand die Berufswahl ja schon damals fest.«

»Ha. Jetzt, wo du das sagst.« Frederic musste wieder lachen und nahm Luisas Anspielung auf sein eher erfolgloses Schreiben offensichtlich nicht übel.

»Das waren jetzt so Ereignisse im Fernsehen. Aber auch, wenn man mittendrin ist, erlebt man seine ganz eigene Geschichte.«

Sie zeigte in die Ferne zu den Zelten, wo zumindest die meisten schon schliefen.

Frederic räusperte sich. »Das stimmt wohl. Das hier. Unsere Geschichte. Unsere Gespräche. Das ist übrigens auch ziemlich großartig.«

»Als ob wir uns schon viel länger kennen würden.«

Diesen Satz sprachen sie tatsächlich gemeinsam aus. Frederic sagte daraufhin ganz trocken nur ein einziges Wort. »Klopstock.«

»Klopstock?«, fragte Luisa irritiert. »Du meinst wohl Woodstock?«

»Nein. Ich meine Klopstock. Kennst du Werthers Leiden von Goethe? Früher ein absolutes Muss bei den Schullektüren.«

Luisa schüttelte den Kopf.

»Okay. Also in Kurzform: Klopstock war ein Dichter im achtzehnten Jahrhundert. Ein wichtiger Vertreter der sogenannten Empfindsamkeit. Er hat selbst eher traurige Erfahrungen in der Liebe gesammelt, aber viel dazu geschrieben. In Goethes Werther geht es um die aussichtslose Liebe zwischen der bereits verlobten und später verheirateten Lotte und Werther. Dass sie die gleichen Gedanken zur gleichen Zeit haben, kommt zum Ausdruck, als sie beide bei einem Gewitter an ein thematisch passendes Gedicht von Klopstock denken. Ihre Gedanken und Gefühle sind im Gleichklang.«

»Aha. Und das heißt, dass das nur für Verliebte gilt?« Sie gab dabei ein kleines Glucksen von sich. Das Belustigung oder aber Verlegenheit sein konnte, so genau vermochte es Frederic nicht ausmachen. Aber auch er merkte, dass ihm plötzlich etwas heiß wurde und irgendwie fiel ihm erst jetzt richtig auf, was er da gesagt hatte. »Nein … also, eigentlich ist wohl nur Werther in Lotte verliebt … und na ja, so richtig erfährt man das nicht. Es geht ja auch nicht unbedingt gut aus.«

Luisa war enttäuscht. »Das ist schade. Also sind sie im Gleichklang und finden doch nicht zusammen. Dann nützt der Klopstock also nicht so viel.«

»Ja, also, das muss aber nicht immer so enden«, warf Frederic ein. Er fügte hastig hinzu: »Goethes Werk gehört zu der Epoche des Sturm und Drang. Eine Literaturströmung, die vor allem von jungen Dichtern ausging. Sehr enthusiastisch, sehr am Individuellen und am Genie orientiert. So ein ganz kleines bisschen kann man es vielleicht mit der Hippiezeit vergleichen.«

»Das klingt interessant. Dann werde ich es vielleicht auch mal lesen.«

Sie schwiegen wieder eine Weile. Dann fiel Luisa eine Frage ein, die sie schon die ganze Zeit stellen wollte. »Du hattest dich am Wannsee mit Lucile unterhalten. Ich hatte nur gedöst. Aber doch gelauscht. Jedoch nur die Hälfte verstanden. Was genau hat er dir erzählt? Wie funktioniert das mit den Zeitreisen?«

Frederic überlegte. »Lucile hat im Grunde nicht viel gesagt. Eine Hauptbedingung ist wohl, dass einen wirklich nichts in der Gegenwart hält. Nur damit könnte man

Raum und Zeit überwinden. Vier Glücklose. Das scheint wichtig zu sein.«

»Hm. Das klingt trotzdem alles so einfach. Hat er auch etwas dazu gesagt, was ist, wenn etwas schiefgeht? Ich meine, Glücklose können ja auch vielleicht auf einer Zeitreise Pech haben.«

»Ja, das hat er.« Frederic machte hier eine Pause. Er hörte sich plötzlich sehr ernst an. »Wenn man kein Zeitportal hat, kann man allein mit einem Gegenstand, der etwas mit dem Ziel zu tun hat, reisen. Das ist zwar weniger sicher, kann aber klappen. Wenn etwas aber richtig schief geht, dann helfen nur diese Glücksgegenstände … und die wahre Liebe.«

»Ohhh …« Luisa machte sich so ihre Gedanken.

Frederic gähnte. »Ich bin echt müde und nicht mehr so wirklich voller Sturm und Drang. Wenn wir noch die beiden nächsten Tage Woodstock erleben wollen, sollten wir jetzt doch besser schlafen.«

Luisa gab ihm recht und so machten sie sich im Dunkeln zu ihren Zelten auf. Was ein ziemlich schwieriges Unterfangen war, wie man sich denken kann. Und es war vermutlich auch nur reines Glück, dass sie schließlich die beiden Militärzelte aus den zwanziger Jahre fanden. Vielleicht auch, weil es die einzigen waren, vor denen ein Rollstuhl stand.

Der Zeitenwandler

Die Sechziger Jahre und die Hippies. Sie bleiben der Wahnsinn! Ich habe mich damals tatsächlich gefragt, ob das Unwahrscheinliche passieren und das Gute siegen könne. Love, Peace and Music. And Drugs. Das muss man fairerweise dazu sagen. Die Nebelschwaden von Marihuana hingen so dicht über dem Festivalgelände, dass man schon beim bloßen Einatmen high werden konnte. Dennoch bleibt das friedliche Miteinander in diesem dreitägigen Chaos ein Phänomen, dem auch ich staunend beigewohnt habe. Eigentlich hätte es ein einziges Desaster werden müssen. Viel zu viele Menschen auf zu dichtem Raum, über die im Grunde niemand mehr die Kontrolle hatte, schlechtes Wetter, Dreck, Schlamm, Müll und kaum Rückzugsmöglichkeiten. Und dennoch, kaum zu fassen, dass sich Euphorie, Glück und Freude wie eine wärmende Decke über alles legen konnten.

28. Singing in the Rain

»Mein Gott! Ich bin tatsächlich in Woodstock!« Frederic war aufgewacht, hatte kurz das graue Zeltdach über sich angestarrt, den schnarchenden Fiete betrachtet und dann nach draußen gelugt. Um ihn herum waren zahllose weitere Zelte. Menschen, die noch etwas müde auf Decken saßen und frühstückten. Sogar kleine Kinder liefen herum. Ein paar musikalische Frühaufsteher probierten Akkorde auf ihrer Gitarre aus. Andere kehrten von ihrer Morgenwäsche zurück, die sie vermutlich in dem nahegelegenen See erledigt hatten. Vor dem Zelt gegenüber rauchte ein bärtiger junger Mann genüsslich seinen ersten Morgenjoint.

Frederic schaute auf seine Uhr, die er erst am Vortag nach ihrer Ankunft mal wieder nachgestellt hatte. Es war schon zehn Uhr fünfzehn. So spät wachte er selten auf. Und offensichtlich schliefen außer Fiete auch Elsa und Luisa noch. Das Zelt nebenan war jedenfalls noch geschlossen.

Es war Samstag. Der zweite Tag des Festivals. Doch da nicht nur die Jahrzehnte, die Jahres- und Tageszeiten, sondern auch die Wochentage bei ihrem Zeitreisetrip durcheinandergepurzelt waren, konnte Frederic so spontan nicht mehr sagen, wie lange sie schon durch die Zeit reisten. War das hier erst der fünfte Tag? Konnte das sein? Er hatte vollends das Zeitgefühl verloren.

Frederic musste an das Gespräch mit Luisa denken. Hatte er einen Fehler gemacht, als er den Werther und Klopstock mit ins Spiel gebracht hatte? Sie wirkte danach etwas verlegen. Was war das zwischen ihnen? Eine Freundschaft? Oder mehr? Er wusste es nicht genau. In ihm fühlte sich etwas grundlegend anders an als noch vor ein paar Tagen. Ein warmes kribbeliges Gefühl war da plötzlich. Aber was wäre, wenn er sich mal wieder täuschte? Wie es ihm schon so oft passiert war … Er seufzte und schob schnell diese Gedanken fort. Er wühlte in seinem Rucksack, holte Seife und ein Handtuch heraus, um es den vielen anderen gleich zu tun. Ein morgendliches Bad im See war jetzt genau das, was er brauchte. Und wenn es denn ganz nackt sein sollte, was machte das hier schon?

»No rain! No rain!«, skandierte die Menge. Doch weder der Regen noch *Santana* ließen sich davon beirren. »Mein Gott, sind die gut!«, rief Frederic.

Sogar Fiete war in Hochform und tanzte und wippte zu dem mitreißenden Rhythmus der Band. Beschwingt durch den Rotwein, der die Runde machte und den man ohne Scheu weiterreichte. Auch Luisa hatte sich allmählich dieser völligen Ausgelassenheit hingegeben und war kaum wiederzuerkennen. Sie trug ihr Zwanziger-Jahre-Bikinioberteil mit ihrer Jeans aus der Neuzeit, was irgendwie ziemlich gut aussah. Fand jedenfalls Frederic. Elsa wippte mit ihrem Rollstuhl und drehte sich dabei tatsächlich einen Joint. Wirklich erstaunt war Frederic darüber aber nicht. Es war wahrhaftig nicht bei vielen über Achtzigjährigen zu erwarten. Aber zu Elsa passte es. Allerdings konnte er erkennen, dass sie ungeduldig und etwas enttäuscht nach Lucile Ausschau hielt. »Vielleicht ist er ja irgendwo hier, findet uns aber nicht?«, rief Luisa, ohne mit dem Tanzen aufzuhören.

»Joaah. Wer weiß, vielleicht kann er ja durch die Zeit reisen, hat aber kein Ortungssystem für uns. Das kann ja sein«, sagte Fiete, um sich dann wieder der Bühne zuzuwenden.

Sie erlebten in den nächsten Stunden Bands, die kaum einer von ihnen kannte, aber im Grunde war das ganz egal. Sie ließen sich von der Stimmung mittragen, wurden klatschnass vom Regen, versanken im Matsch, sangen, tranken, rauchten. Ab irgendeinem Punkt schwappte dieses ganze Hippiefeeling auf sie alle über. Waren es nun die Drogen oder aber die Euphorie der Menge, die Musik oder diese vollkommen irre Versammlung einer Großstadtbevölkerung auf einer hügeligen Ackerfläche – keiner konnte es so ganz genau sagen. Wobei man schon sagen konnte, dass es vielleicht schwerer gewesen wäre, es komplett nüchtern zu überstehen.

Als *Creedence Clearwater Revival* um halb zwölf ihren Auftritt hatten und sie alle hundskaputt waren und schlafen gehen wollten, stand plötzlich Lucile vor ihnen.

»Jean!« Elsa konnte es kaum glauben und war so aus dem Häuschen, dass sie versucht war, aus dem Rollstuhl aufzustehen, wovon sie Luisa gerade noch abhalten konnte. Und dies nicht nur wegen Omas Einschränkung im Gehen und Stehen, sondern weil sie, wie im Grunde sie alle vier, ziemlich gut »drauf« war und nicht mehr ganz klar im Kopf. Was allerdings für fast alle der rund fünfhunderttausend Konzertteilnehmer galt, den Bands eingeschlossen. Allein Lucile war nüchtern. Da stand er vor ihnen im Scheinwerferlicht, das die Bühne auf die Menge warf. Tatsächlich wie aus der Zeit gefallen. Er hatte seinen schwarzen Anzug an, unbeeinträchtigt von Regen und Matsch. Elsa wurde sogleich wieder putzmunter und erzählte Jean all das, was sie in diesen zwei Tagen erlebt hatten. Fast so aufgekratzt wie ein junges Mädchen, stellte Frederic amüsiert fest. So kam es dann, dass sowohl Frederic, Luisa als auch Fiete sich verabschiedeten, um ihre Zelte zu beziehen, während Elsa nun unbedingt den nächtlichen Konzertteil mit Jean zusammen erleben wollte.

Aber so wirklich an Schlaf war nicht zu denken. Durch die Regenunterbrechungen hatte sich das ganze Konzert verschoben und daher spielten die Bands bis in die frühen Morgenstunden. Spätestens als *The Who* um fünf Uhr morgens »See me, feel me« spielte, hielt es Frederic nicht mehr im Zelt aus und lauschte schlaftrunken vor dem Zelt sitzend der ekstatischen Musik. Luisa ging es genauso. Auch sie kroch aus ihrem Zelt und setzte sich neben ihn.

Frederic betrachtete Luisa, die völlig verstrubbelt und ebenfalls noch alles andere als ausgeschlafen war. Auch musterte er amüsiert ihre verschiedenen Socken und den Schlafanzug, auf dem er eine Abbildung von Snoopy entdeckte. Im Grunde nichts Außergewöhnliches, außer dass er noch seinen kleinen Begleiter, den gelben Vogel dabei hatte. »Ich fasse es nicht! Snoopy! Und …« Er kam nicht dazu, seinen Satz zu Ende zu sprechen.

»Oma ist immer noch nicht zurück!«

Obwohl Luisa offensichtlich besorgt war, konnte sich Frederic das Lachen kaum verkneifen. Auch auf dem Hintergrund, dass es ja doch nicht so oft vorkam, dass eine Enkelin sich um ihre bekiffte Großmutter, die mit einem dubiosen Zeitreisenden auf dem Woodstockgelände unterwegs war, Sorgen machen musste. Er bemühte sich dennoch darum, ernst zu bleiben. »Ich denke mal, Elsa ist alt genug, um zu wissen, was sie tut. Und wie du hörst, ist das Konzert immer noch in vollem Gange. Sie wird mit Lucile irgendwo da drüben auf dem Gelände sitzen und andächtig *The Who* lauschen. Vielleicht ist sie auch in ihrem Rollstuhl eingenickt und schläft dort.«

»Ja, da hast du wohl recht. Trotzdem mache ich mir Sorgen. Sollten wir sie nicht besser suchen?«

Frederic beruhigte sie: »Lass uns mal abwarten. Bestimmt kommt sie wieder, wenn die Bands nachher eine Pause machen. Soweit ich mich erinnere, war das damals – äh – jetzt so. Und genieße mal die Musik. Das hier ist der Hammer!«

Oma kam mittags wieder. Sogar bestens gelaunt und ausgeschlafen. »Wo warst du?«, fragte Luisa in leicht vorwurfsvollem Ton.

»Na ja. Ich weiß, dass der beste Teil des Konzerts vor allem am letzten Tag kommt. Ich wollte etwas geruhsamer schlafen und habe dank Jeans Hilfe auf der Hog Farm Unterschlupf gefunden. Wobei es auch dort nicht gerade leise war, aber doch zumindest warm und trocken.«

»Das war eine kluge Entscheidung. So ganz ist es ja nun doch nicht die richtige Umgebung für dein Alter«, sagte Fiete, der sich auch zwischenzeitlich um Oma gesorgt hatte.

»Die helfen dort auf der Farm, alle auszunüchtern, die

zu viele der schlechte Drogen zu sich genommen haben, stimmt's?«, merkte Frederic an.

»Ja, du hast die Geschichte Woodstocks gründlich studiert, merke ich«, sagte Oma lachend. Und zu Fiete gewandt, erklärte sie: »Das ist lieb, dass du dir solche Gedanken machst. Weißt du, ich habe gemerkt, dass hier niemand Anstoß daran nimmt, wie alt ich bin. Auch sonst spielen hier Geschlecht, Herkunft, Aussehen – was auch immer – keine Rolle. Das ist wirklich herrlich!«

Fiete nickte zustimmend. »Ja, das kann man wohl sagen. Nie war mein Obdachlosendasein so unauffällig und belanglos. Zumal wir hier gerade mit einer ganzen Stadt von Obdachlosen zusammen sind, denen das gar nichts ausmacht.«

Oma lachte, dann kramte sie in einem großen Korb. »Ich habe euch noch was zum Essen mitgebracht.« Sie packte ein paar Sandwichs aus und holte einen kleinen Topf und vier Schüsseln hervor. »Hühnersuppe! Damit übersteht man Wind und Wetter und auch den ein oder anderen Hänger nach zu viel Hanf und dergleichen.«

Sie machten sich alle begierig darüber her und schöpften tatsächlich ein bisschen Kraft für das, was dann noch alles kam: Ein sensationeller Auftritt von *Joe Cocker*, ein heftiges Gewitter, das das Gelände endgültig in eine Schlammwüste verwandelte, und ein alles in allem irrer musikalischer Ritt bis in den nächsten Morgen hinein.

Zwischendurch verloren sie sich mehrmals in den Wirren des Festivals und es grenzte an ein Wunder, dass sie sich immer wiederfanden. Auch in der Folgenacht zog Oma die Farm als Schlafort vor oder unternahm einen geheimen Ausflug mit Lucile, wohl durch die Zeit, wer weiß das schon so genau?

Fiete schloss sich einer Gruppe junger Amerikaner an und machte mit ihnen neue Erfahrungen in der Bewusstseinserweiterung.

Frederic und Luisa suchten dagegen am Abend Unterschlupf in einem ihrer Zelte. Die erstaunlicherweise sehr viel stabiler waren als die meisten Zelte der anderen und damit auch am dritten Tag noch Schutz boten. Weil sie offensichtlich nicht nur fürs Camping, sondern für den Ernstfall des Krieges gedacht waren. Ein Umstand, der dem ein oder anderen ihrer Zeltnachbarn wohl auffiel und verwunderte. Die meisten waren aber so friedlich, entrückt, verzückt oder aber erschöpft, dass es keinerlei Anfeindungen gab. Selbstverständlich ahnte auch niemand, dass es sich um ein Militärzelt aus den Zwanziger Jahren handelte, dessen Hersteller wiederum nie den Einsatz auf einem der legendärsten Friedenskonzerte aller Zeiten geplant hatte.

Als Luisa ihren Snoopy-Schlafanzug überstreifte und in ihren Schlafsack schlüpfen wollte, tippte Frederic ganz sachte auf den kleinen gelben Vogel auf ihrem Oberteil und flüsterte: »Zu dem wollte ich dir eigentlich noch etwas erzählen …«

29. Peanuts

Weißt du eigentlich, wer das ist?« fragte Frederic.

»Wer? Dieser Vogel? Nein, nur, dass er immer mit dem Hund zusammen ist. Ich weiß auch sonst nicht so viel über Snoopy. Er ist einfach Snoopy. Ihn kennt jeder. So wie Mickey Mouse oder so.«

»Okay. Also.« Frederic deutete nochmals auf den kleinen gelben Vogel auf Luisas Schlafanzugsoberteil. »Gestatten. Das ist Woodstock. Bester kleiner Freund von Snoopy. Snoopy und die Peanuts gibt es übrigens schon seit 1950. Seinen kleinen Freund, den Vogel, seit ungefähr Mitte der Sechziger Jahre. Aber seinen Namen hat er erst 1970 bekommen. Nach Woodstock eben.« Er lachte und machte eine Handbewegung Richtung Festivalgelände. »Hier kann also noch keiner seinen Namen kennen. Ja, genau nach diesem Festival hier ist er benannt worden. Inspiriert durch den Vogel auf dem Plakat. Hast du bestimmt am Eingang gesehen. Und der kleine Woodstock ist echt speziell. Wie im Grunde alle Peanuts. Er ist ziemlich chaotisch, kann nicht besonders gut fliegen, ist aber auch sehr philosophisch und auf jeden Fall liebenswert.«

»Oh. Das klingt echt schön.«

»Ja. Das ist es auch. Ich liebe ihn. Auch sonst sind die

Peanuts im Grunde eine der wunderbarsten Comicreihen, die ich kenne. Und natürlich gibt es auch kaum eine Reihe mit so unendlich vielen Folgen. Das muss man sich mal vorstellen. Fünfzig Jahre lang hat Charles M. Schulz fast täglich diese Comics gemacht. Das ist schon irre.«

»Wow. Ja. Das stimmt wohl. Was macht den kleinen gelben Vogel eigentlich so chaotisch und auch liebenswert?«

Frederic lächelte. »Ich hoffe, du nimmst es mir nicht übel. Aber er ist ein bisschen so wie du. So wie du gelegentlich durchs Leben stolperst, ich sag nur Wolfi und so, fällt Woodstock immer mal wieder in den Fressnapf von Snoopy.«

»Ha. Das ist lustig. Also ich gebe es zu, ich bin auch schon über Chomskys Fressnäpfchen gestolpert. Und das Liebenswerte?«

»Oh. Er ist lebhaft. Sehr gesellig. Liebt die Unterhaltung, wenngleich das nur mit Snoopy geht, weil nur er Woodstock verstehen kann. Die beiden kabbeln sich auch oft, also Woodstock ist schon auch etwas anstrengend und manchmal sehr nervig, auch sehr sensibel und schnell enttäuscht, aber sie vertragen sich immer wieder schnell und sind wahrhaftig beste Freunde.«

»Das beschreibst du toll. Also ist Woodstock eine recht komplexe Persönlichkeit für einen Vogel.« Luisa lehnte sich zurück und zog ihren Schlafsack zu, robbte aber damit etwas näher zu Frederic.

»Ja, das kann man so sagen.«

»Meine Mutter und meine Schwester nennen mich immer Miss Murphy. Weil ich so ein Pechvogel bin. Aber Oma Elsa meint, dass ich eine Persönlichkeit bin mit schillernden Facetten.« Sie kicherte. »Eine wunderbare Umschreibung meiner diversen Schwächen.«

Frederic betrachtete Luisa im Dunkeln. »Nein. Das ist eine sehr zutreffende und liebevolle Beschreibung, von einer sehr liebevollen Person gesagt. Elsa ist einfach großartig. Und das sehe ich auch so. Im Übrigen, vielleicht ist es dir nicht aufgefallen, aber du hast dich in der kurzen Zeit sehr verändert, finde ich. Du wirkst auch nicht mehr so unsicher. Diese Zeitreise tut dir sehr gut. Ich glaube, Miss Murphy ist gar nicht mehr so glücklos.«

»Ooh. Findest du? Meinst du das ehrlich? Aber jetzt, wo du das sagst. Ja, mir geht es gut. Vielleicht ging es mir nie besser. Und das gilt auch für dich. Du bist viel lockerer geworden und … du schreibst gar nichts mehr in dein Notizbuch, fällt mir gerade auf.«

»Danke ebenfalls. Es sind aber auch gerade etwas schwierige Bedingungen dafür.« Er lachte dabei auf. »Ich habe mir allerdings auch Elsas Anmerkung zu Herzen genommen. Man muss einfach mal leben. Das muss man nicht alles in Notizen festhalten. Vor allem nicht das

Glück.« Frederic war auch mittlerweile in seinen Schlafsack geschlüpft. Es war nasskalt und stockdunkel. Nur von der Ferne drangen die Bühnenlichter und die Musik zu ihnen. Er fuhr fort. »Du meinst also, ich bin lockerer geworden? Das ist gut. Aber ich bin nicht Snoopy. Ich bin nicht so fröhlich wie er. Das würde ich gerne sein. Vielleicht bin ich ein bisschen Charlie Brown oder Linus. Das weiß ich nicht so genau.«

»Wir müssen ja auch keine Peanuts sein. Wir sind wir. Und eigentlich sind wir ganz okay so. Ich mag dich jedenfalls, Frederic. Und eins ist klar: Diese Zeitreise wäre nur halb so schön, wenn du nicht dabei wärst.«

»Wow. Das ist … also, dass du so etwas sagst! So etwas habe ich eine Ewigkeit nicht mehr gehört. Das finde ich auch. Dass diese Zeitreise ohne dich halb so schön wäre.«

Zwischen ihnen herrschte kurz Stille. Eine Stille, die im Film mit Musik gefüllt würde, hier waren es etwas gedimmt die Klänge von *The Band*, die zu dieser späten Stunde spielten. Frederic war unsicher, wie er das Gespräch weiterführen konnte oder was er jetzt tun sollte. Zu oft hatte er so etwas fehlgedeutet und sich damit in peinliche Situationen gebracht. Manchmal aber auch zu lange gewartet. Er hörte Luisas Atmen, das Knistern des Schlafsackes. Sie war noch etwas näher an ihn herangerückt. Dann flüsterte sie: »Erzähl etwas. Etwas Schönes oder Trauriges. Etwas Erfundenes. Egal was.«

Er überlegte fieberhaft. Was sollte er jetzt bloß erzählen? Doch dann begann er. Ganz unvermittelt. »Vier Glücklose zogen los, um das Glück zu suchen. Luisa, eine etwas zerstreute junge Frau, die sich mit Gelegenheitsjobs über Wasser hält. Die unkonventionelle Elsa, die aus ihrem Altersheim abhaut. Der in die Jahre gekommene, obdachlose Rocker Fiete. Und der Schriftsteller Frederic, der unter einer Schreibblockade leidet …«

Luisa lachte leise auf. »Erzähl weiter.«

Also beschrieb er ihr alles, was er von ihr wusste und was sie bis zu diesem Tag gemeinsam erlebt hatten. Ab und an ergänzte sie das, was nur sie wusste. Sei es von ihr oder Elsa. Die meiste Zeit aber hörte sie gebannt zu. Und so erzählte er ihr von ihrem ersten Zusammentreffen, von Paris und Berlin, bis ihm irgendwann das gleichmäßige Atmen von Luisa verriet, dass sie eingeschlafen war. Da war er mit seiner Geschichte aber auch fast schon in Woodstock angekommen. Und kurz vorher hatte Luisa noch schlaftrunken gesagt: »Das ist echt schön. Und diese Peanuts musst du auch noch irgendwo unterbringen…«

30. Route 66?

Sie wurden von *Jimi Hendrix* geweckt.

»Oh mein Gott! Schon neun Uhr! Und Jimi Hendrix. Das dürfen wir wirklich nicht verpassen!« Frederic schaute aus dem Zelt. Weder Fiete noch Oma schienen nachts zurückgekehrt zu sein. Jedenfalls fehlte der Rollstuhl und das Zelt nebenan stand halboffen und war aber leer. Sanft rüttelte er Luisa wach. Sie rekelte sich, öffnete dann ihre Augen und lauschte der Musik. »Jimi Hendrix ist das? Hört sich gut an.«

»Ja, das kann man wohl sagen. Vor allem sein legendärer Abschluss des Konzertes.«

»Okay. Das will ich sehen.« Also zogen sie sich schnell an, verschlossen die Zelte und eilten zum Festivalgelände, das sich mittlerweile in ein Meer aus Menschen, Schlafsäcken und Plastiktüten verwandelt hatte. Tausende übermüdete Konzertbesucher, die dennoch mit Begeisterung diesem letzten, aber wirklich legendären Hauptact des Konzertes folgten. Einziger Wermutstropfen war, dass sie weder Fiete noch Oma irgendwo sahen. »Im Zweifel werden wir uns an den Zelten oder am Auto wiedertreffen«, sagte Frederic, der sich mit dieser Frage zu diesem Zeitpunkt nicht weiter aufhalten wollte, sondern gebannt dem berühmten Gitarristen folgte. Auch

Luisa ließ sich von *Stars Spangled Banner* mitreißen.

Als die letzten Töne verklungen waren und ein tosender Applaus, aber auch Aufbruchstimmung sich breit machten, rief sie zu Frederic: »Boaah. Ich kann's nicht fassen. Das war's. Jetzt haben wir tatsächlich das gesamte Woodstockkonzert miterlebt. Das ist schon unglaublich, oder?«

Frederic saß immer noch da. Mit ungläubigem Blick. »Das kann man wohl sagen. Irgendwie will man gar nicht gehen, oder?« Gedankenverloren nahm er ein kleines im Matsch liegendes Ticket auf. *Woodstock Music and Art Fair* stand darauf. Er fischte einen Kugelschreiber aus seiner Jacke und zeichnete auf die Rückseite den kleinen Vogel von den Peanuts. Dann gab er Luisa das Ticket. Ein Mann, der an ihnen vorbeiging, betrachtete neugierig Frederics Kunstwerk und schmunzelte etwas. »That's nice!«

»Ohh. Wie schön!« Auch Luisa strahlte über das ganze Gesicht. »Und wenn du noch nicht gehen willst – wir können ja noch eine Runde aufräumen helfen«, schlug Luisa mit einem leichten Grinsen vor. Und in der Tat war das, was die Menge hier hinterließ, ein katastrophales Chaos an Müll und Dreck.

»Ja, da hast du recht. Aber lass mal. Wir sollten auch unsere Sachen packen und Oma und Fiete finden. Und dann schauen, wie wir hier irgendwie wieder mit dem Taxi rauskommen.«

Luisa gab Frederic recht. Und so machten sie sich auf, zurück zu den Zelten. Fiete war zu ihrer Freude schon da. Inwieweit er eine Läuterung im Rahmen seiner Bewusstseinserweiterungsexperimente erfahren hatte, ließ sich nicht so schnell feststellen. Aber zumindest war er bester Laune. Und sein Look war verändert. Er hatte eine weite, zerschlissene Jeans und ein kariertes Hemd an und trug seine graue schüttere Haarpracht offen. »Hey Fiete, cool, hast du deine Klamotten getauscht und bist nun unter die musikalischen Rocker gegangen?«, sprach Frederic ihn an.

»Joahh, Frederic. Man ist nie zu alt, um umzudenken«, antwortete Fiete. Frederic gab ihm recht. Dann merkte er an: »Jetzt fehlen ja wohl nur noch Oma und Lucile.«

Sie packten alles zusammen. Setzten sich dann ratlos vor ihr Gepäck. Oma hatte das Meiste mitgenommen. Nur der Fotoapparat und eine kleine Tüte mit dem Pinsel von Picasso waren noch da. Auch der Umschlag mit den Dollars. Luisa deutete auf die Sachen. »Dass sie das einfach zurücklässt, ist eigenartig. Sie war auf Picassos Pinsel so stolz. Und den Fotoapparat hat sie all die Jahre wie einen Schatz gehütet. Und jetzt lässt sie ihn hier, wo er so leicht hätte wegkommen können.«

»Das mit dem Geld ist schon mal sehr gut, Und tja, die späte Liebe. Vielleicht ist unsere Elsa doch etwas abgelenkt durch die Anwesenheit ihres ominösen Zeitreisenden?«, warf Fiete mit einem Grinsen ein.

Luisa verzog etwas den Mund. Ihr war diese Sache zwischen Oma und Monsieur Lucile immer noch nicht so ganz geheuer. Frederic beäugte den Fotoapparat etwas genauer. »Da steckt irgendetwas. Schaut mal.« Er nahm ihn vorsichtig in die Hand und zog an einem Stück Papier, das seitlich herauslugte, und hielt unmittelbar danach einen kleinen Zettel in der Hand.

Darauf stand handgeschrieben.: »*Ich möchte noch etwas zwischen den Zeiten verweilen. Ihr sollt aber schon einmal weiterreisen. Fiete zieht es doch in die Achtziger. Nehmt den Fotoapparat und auch den Pinsel mit und steigt ins Rollstuhltaxi. Mit etwas, was mit der Route 66 zu tun hat, kommt ihr an Fietes Traumziel. Ihr braucht diesmal nichts außer der Straße, auf der das Taxi steht. Nehmt noch eine vierte Person mit. Und passt gut auf Luisa auf! Wenn ihr zurück in die Gegenwart wollt, müsst ihr nur mit der Kamera ein Selfie machen. Das funktioniert. Und viel Glück! Oma*«

Luisa starrte auf den Zettel. »Also, damit hätte ich ja jetzt nicht gerechnet.«

Auch Fiete war baff. Frederic grinste. »Da kannste mal sehen. Deine Oma. Macht letztendlich auch ihr Ding auf ihre alten Tage.«

»Ja. Sieht ganz so aus. Na dann, meine Süßen. Machen wir uns mal auf. Get your kicks on route sixtysix«, forderte Fiete sie auf.

»Ja, aber wir sollen noch jemanden mitnehmen und haben nichts, was mit der Route 66 zu tun hat, oder?«, gab Luisa zu Bedenken.

Fiete machte eine wegwerfende Handbewegung. »Wen sollten wir hier schon mitnehmen? Das mit dem Gegenstand ist gar kein Problem. Ich habe im Taxi ’ne alte Kassette von den Stones. Mit Route 66 drauf. Das reicht vollkommen.«

»Eine Kassette?« Frederic war ebenfalls skeptisch. »Im Taxi ist doch gar kein Kassettendeck, und wenn Elsa sagt, wir sollten noch jemanden mitnehmen, sollten wir das doch besser machen.«

Fiete aber lachte. »Ach. Ich denke, wir schaukeln die Sache auch zu dritt. Und keine Sorge. Ja, es ist eine alte Kassette. Hatte sie für unsere Fahrt mitgenommen, ohne daran zu denken, dass der Wagen kein Kassettendeck mehr hat. Aber ich habe für den Fall noch meinen uralten Recorder aus den Siebzigern dabei. Batteriebetrieben.«

Also rafften sie alles Gepäck zusammen und zogen los, um das Rollstuhltaxi inmitten des Verkehrschaos aufzusuchen. Da sie alle drei noch ein gutes Stück erschöpfter waren als die Tage zuvor, dauerte das eine ganze Weile. Von Vorteil war jedoch, dass der Wagen aus der Menge herausstach. So viele Rollstuhltaxis gab es in

Woodstock nicht.

»Da ist er ja!«, rief Fiete erleichtert. Kurz darauf öffneten sie den Wagen, hievten ihr Gepäck in den Innenraum des Taxis und nahmen einigermaßen erschöpft Platz. Dann kramte Fiete im Handschuhfach und holte eine alte Kassette heraus. Frederic betrachtete sie amüsiert. »Ich fasse es nicht. Agfa Chrome. Handbeschriftet.« Er studierte die Titel auf der Kassette aufmerksam. »Das hast du aus verschiedenen Platten aufgenommen, nicht wahr?«

»Ja, genau. Das ist meine persönliche Best of von den rollenden Steinen.« Fiete zeigte auf den Kassettenrecorder, der im Fußraum des Beifahrersitzes stand. »Na los, lass sie uns mal einlegen.« Gleichzeitig nahm er die Kamera hervor. Luisa verfolgte das alles mit gemischten Gefühlen. Sie war sich immer noch nicht ganz sicher, was sie davon halten sollte, dass sie Oma nun allein weiterreisen ließ. Von den Achtziger Jahren hatte sie schon eine Menge gehört. Gewiss eine coole Zeit. Wie das damals auf der Route 66 war, wusste sie freilich nicht.

»Route 66 ist der zweite Titel auf Seite A. Du musst etwas vorspulen.« Luisa beobachtete gespannt und auch etwas ängstlich, wie Frederic die Kassette aus der Plastikhülle nahm, etwas unentschlossen die Seiten wendete, sie dann einlegte und spulte. Es erfolgte ein Knistern wie es eben nur alte Kassettenbänder von sich geben. Luisa kannte das von den Hörspielkassetten, die sie früher oft mit Vergnügen bei Oma gehört hatte. Fiete öffnete gleichzeitig die Kamera, drehte die Linse scharf. »Also, ich bin bereit«, sagte er. Frederic drückte auf Play und Fiete schoss ein Foto. Luisa stutzte. Ebenso Fiete und Frederic. Fiete rief: »Das ist nicht Route 66! Du hast die falsche Seite eingelegt!« Aus den Lautsprechern des Recorders drang ein rhythmisches Trommeln. Gleichzeitig begann der Wagen im Rhythmus zu rütteln, sodass sie sich ängstlich festhielten. Es wurde dunkel und während der Gesang einsetzte, hoben sie ab und schossen in die Finsternis.

Der Zeitenwandler

Das Böse schleicht sich immer dann ein, wenn man es nicht erwartet. Überheblichkeit ist oft der Anfang. Man darf sich nie seiner Sache zu sicher sein. Es war dramaturgisch eine meiner Höchstleistungen. Das muss man schon sagen. Mitgefühl für den … hach. Der Titel passte so gut. Obwohl ich so beschäftigt zu der Zeit war, dieses Vergnügen wollte ich mir gönnen. Ein weiteres Gratiskonzert. Das Woodstock toppen sollte. Dem Peace-and-Love-Spektakel des Jahres nochmals die Schau zu stehlen – so war der Plan. Dabei stand es von Anfang an unter einem schlechten Stern. Viel zu kurz war die Zeit der Planung, alles hastig und ohne Bedacht organisiert für eine Menschenmenge, die kaum zu kontrollieren war. Und dann die Engel der Hölle als Sittenwächter. Absurder ging es kaum. Was hatte ich einen Spaß. Aber seht lieber selbst …

31. Sympathy for the Devil

Mit einem lauten Krachen landeten sie mit dem Wagen hinter einem großen Bühnenaufbau. Es war immer noch dunkel. Doch die Musik spielte weiter. Sie kam allerdings nicht mehr aus dem Kassettenrecorder, sondern schallte ihnen aus großen Lautsprechern entgegen. Zusammen mit dem Getöse und Geschrei unzähliger Menschen.

»Wo … sind wir? Sind wir wieder in Woodstock?«, flüsterte Luisa. Fietes Hände krampften sich um das Lenkrad und auch Frederic starrte ungläubig aus dem Fenster. Vor ihnen auf der Bühne erklang eindeutig die Stimme von Mick Jagger. Unverkennbar. »Nein. Das ist nicht Woodstock. Aber … das … ist … unfassbar«, stammelte Fiete. Doch seine Worte verklangen in dem Lärm. Dann starrten sie alle auf das niedrige Podest, auf dem eine verwirrende Ansammlung von vielen Menschen zu sehen war und in dem man kaum die Band ausmachen konnte. Sogar ein Hund spazierte mitten über die Bühne. Überall schoben Männer in schwarzen Lederjacken Menschen brüsk zur Seite. Während Mick vom Mitleid mit dem Teufel sang.

»Altamont. November 1969.« Fiete hauchte es so, dass man es kaum verstehen konnte. »Wir sind in Altamont? Heißt das hier so? Aber was geht hier ab? Es ist so …«

»Furchtbar«, ergänzte Frederic.

»Ja. Irgendwie. Es ist sehr anders als Woodstock. Und was machen diese ganzen Rocker hier?«, fragte Luisa.

»Es sind die Hells Angels. Sie sind die Ordner auf dem Konzert«, antwortete Fiete betreten. »Das hier ist nicht der rühmlichste Abschnitt in ihrer Geschichte, auch nicht der Rolling Stones. Im Grunde ist das hier das schrecklichste Konzertevent, das man sich vorstellen kann.«

»Fiete, lass uns bitte schnell wieder hier weg. Das hier ist nichts, was wir sehen möchten«, antwortete Frederic, der immer mehr begriff, was sie hier erlebten. Doch schon wurde an ihrem Wagen gerüttelt. Einer der Rocker schlug mit einem Schlagstock wütend auf die Motorhaube. »Oh, mein Gott! Fiete, mach was!«, rief Luisa. Da wurde die Beifahrertür aufgerissen. Frederic protestierte. Ein neuer Song setzte ein. *Under my Thumb.* Fiete griff unmittelbar zu Kamera und Kassettenrecorder, legte die Kassette ein und bediente den Auslöser, der Wagen zitterte. Es wurde stockdunkel.

»Frederic!« Luisa schrie. Fiete schaltete den Kassettenrecorder sofort aus. Das Zittern hörte auf. Sie sahen sich um. Die Tür war wieder verschlossen. Frederic jedoch war verschwunden. Sonst war noch alles so wie vorher.

Die Menge tobte, der Ordner schlug auf den Wagen ein.

»Oh nein! Frederic – wo ist er hin?«

Fiete schaute besorgt nach draußen. »Ich weiß es nicht.«

Er überlegte. »Warte hier und verriegele die Tür von innen.« Ohne dass Luisa noch etwas entgegnen konnte, schwang er sich aus dem Wagen, schlug die Tür zu und packte den Hells-Angels-Ordner. Dieser war zuerst so perplex, dass er stolperte und vor Fiete zurückwich. Luisa hielt ängstlich nach Frederic Ausschau, konnte ihn aber nirgendwo entdecken. Plötzlich verstummte die Musik und die allgemeine Unruhe und das Gedränge wurden noch größer. Irgendetwas war geschehen. Selbst die Musiker standen still auf der Bühne. Luisa hatte auf Fiete gehört und die Wagentüren von innen verschlossen. Doch nun stoben von allen Seiten Konzertbesucher herbei, die vom Gelände wollten. Und Luisa stand mit dem Rollstuhltaxi inmitten dieser chaotischen Szenerie. »Oh, mein Gott! Oh, mein Gott!«, wimmerte sie und wünschte inständig, Oma hätte sie nicht auf diesen Trip geschickt, der gerade dabei war, mächtig schief zu gehen. Sie schloss kurz die Augen, wie es Kinder oft tun. Um alles auszublenden. Was man nicht sieht, existiert nicht. Ihre Sorge galt nicht nur Frederic, sondern nun auch Fiete, dem es zwar gelungen war, den Ordner einzuschüchtern. Doch hatte dieser mittlerweile Verstärkung von einem anderen der Angels bekommen. Und das sah für Fiete gerade gar nicht gut aus. Was sollte sie jetzt bloß machen? Als auch Fiete immer mehr abgedrängt und erneut an der Wagentür gerüttelt wurde, fasste sich Luisa ein Herz. Sie kletterte nach vorne auf den Fahrersitz und … startete den Wagen. Ganz vorsichtig fuhr sie an, darauf bedacht, niemanden mit dem Auto zu erwischen. Und das war alles andere als einfach. Denn das Rollstuhltaxi stand völlig unorthodox inmitten der aufgebrachten Menge und dauernd stießen Menschen dagegen. Im Schritttempo ging es weiter. Zwischendurch verlor sie auch Fiete aus den Augen. Endlich entdeckte sie ihn wieder. Er war immer noch im Gefecht mit den Rockern. Sie konnte nichts verstehen, doch Fiete las den Rockern wohl regelrecht die Leviten. Schließlich wurde er auf sie aufmerksam und erkannte seine Chance. Riss sich von seinen widerspenstigen Gesprächspartnern los und eilte zum Wagen, schwang sich hinein und rief nur atemlos: »Nichts wie weg hier.«

»Aber was ist mit Frederic?«

Fiete atmete tief durch, dann sah er Luisa an. »Wir haben keine Chance. Siehst du diese Menschenmassen? Das sind über fünfhunderttausend, die soeben begreifen, dass jemand inmitten des Konzerts gestorben ist. Erstochen von einem der Hells Angels. Dieses Konzert ist gerade auf desaströse Weise zu Ende gegangen. Und alle werden wegwollen. Es ist völlig unmöglich, Frederic hier zu finden. Und ich weiß nicht … es kann sein … wir waren schon halb auf unserer Zeitreise … Mittlerweile ist gut und gerne ein halbe Stunde vergangen. Er hätte längst zurück sein müssen. Die Chance, dass auch wir uns verlieren, ist dagegen sehr groß. Wir kommen mit dem Wagen auch nicht auf normalem Weg hier raus. Unsere Landung war einfach diesmal etwas unglücklich.«

»Ja, aber was sollen wir denn tun?«

»Wir brauchen Luciles Hilfe. Ohne ihn wird es nicht gehen.«

»Und wie sollen wir das anstellen?«

»Wir müssen zurück. Und ihn holen.«

»Aber wir haben nichts, was uns zurückführt. Oder?« Luisa überlegte fieberhaft. Dann fiel ihr das Ticket mit Snoopy ein. »Vielleicht tut es das hier?«

Fiete betrachtete skeptisch das kleine Stück Papier. »Wir können es versuchen.« Er nahm erneut die Kamera, Luisa hielt das kleine Ticket in der Hand. Alles zitterte erneut. Der Lärm draußen wurde leiser. Es wurde dunkel. Sie schlossen die Augen.

32. Trial and Error

Stille. Eine große grüne Feldfläche, auf der sich bereits ein paar Menschen gemütlich versammelten. Eine Bühne, an der noch eifrig gebastelt wurde. Die Sonne schien. So friedlich das Ganze aussah, weder Luisa noch Fiete waren über den Anblick glücklich.

»Wir sind wieder zurück am ersten Festivaltag, stimmt's?«

Fiete nahm Luisa das Ticket aus der Hand und betrachtete es. »Jipp. Da steht der fünfzehnte August 1969 drauf. Wir haben also die Chance auf drei erneute Tage Love and Peace. Also das ist sogar mir zu viel des Guten. Und ob wir hier Lucile, Oma oder Frederic dann wiedertreffen? Das wage ich zu bezweifeln.«

Luisa lachte kurz auf. »Drei erneute Tage Love and Peace … oh mein Gott.« Doch dann schlug sie die Hände vors Gesicht. »Was sollen wir denn nun bloß machen? Warum war das vorher so einfach? Wir sind immer genau dort gelandet, wo wir hin wollten, und jetzt funktioniert es einfach nicht mehr.«

Auch Fiete sah besorgt aus. »Vielleicht hätten wir doch auf Omas Ratschlag hören sollen. Es müssen immer vier sein.«

Luisa sah ihn an. »Stimmt. Natürlich. Vier Pechvögel.

Aber wo bekommen wir zwei weitere Glücklose her?«

Fiete sah nachdenklich zur Bühne und auf die ersten freudig erwartungsvollen Gäste. »Nein. Das können wir nicht machen. Niemand hier wird auf diese drei Tage verzichten wollen. Und selbst wenn, wir können nicht einfach zwei Fremde entführen, um mit ihnen durch die Zeit zu reisen.«

Luisa überlegte fieberhaft. Frederic. Er war weg. Sie hatten ihn entweder mitten in Altamont oder aber irgendwo zwischen den Zeiten verloren. Etwas schnürte sich in ihr zusammen. Und sie wusste es jetzt. Sie hatte sich in diesen nachdenklichen, glücklosen Schriftsteller hoffnungslos verliebt. Ihre Gespräche in den letzten Tagen. Wie sie miteinander gelacht und sich inmitten dieser irren Zeitreise gegenseitig Geschichten erzählt hatten. Kuriose Erlebnisse und Gedanken. Sie hatten sich Dinge anvertraut, wie es wirklich nur beste Freunde taten. Oder eben Menschen, die sich sehr nahestanden. Klopstock. Gedanken und Gefühle im Gleichklang. Das war es. Frederic war jemand, der sie wirklich verstand. Abgesehen von Oma. Sie musste ihn wiederfinden. Wenn nicht – es würde ihr das Herz brechen. Wie konnten sie wieder Kontakt mit Lucile aufnehmen? Wen konnten sie auf eine erneute Zeitreise mitnehmen, um Frederic wiederzufinden? Und Oma? Doch dann hatte sie urplötzlich eine Idee.

»Charleen und Wolfi! Oder vielleicht auch Hanna, wenn sie denn schon wieder zurück ist.«

Fiete sah sie fragend an.

»Wir müssen zurück in die Gegenwart und meine WG-Mitbewohner holen. Ich kenne kaum jemanden, der glückloser ist.«

»Du meinst, wir sollen sie holen und mit ihnen Lucile, Oma und Frederic suchen? Aber wo genau? Wohin sollen wir mit ihnen reisen?«

Luisa überlegte. »Na, ist doch klar. Zur Route 66. Das ist der einzige Ort, wo sie uns suchen werden. Wenn sie uns denn suchen. Aber da vermuten sie uns zumindest.«

»Okay, dann müssen wir also zunächst zurück. In die Gegenwart. Zu deinen glücklosen WG-Mitbewohnern.« Fiete nahm den alten Fotoapparat in die Hand und untersuchte ihn kritisch. »Wie aber macht man damit ein Selfie? Oma sagte doch, das muss man machen, um zurückzukommen.«

»Zeig mal.« Auch Luisa nahm den Fotoapparat und suchte nach Selbstauslöserfunktionen oder dergleichen. »Hm. Ich glaube, das ist nicht vorgesehen. Wir müssen ihn wohl einfach andersrum halten und hoffen, dass wir beide auf das Bild kommen.«

»Oh weia. Okay. Ich habe vermutlich längere Arme als du und bin kräftiger, um diesen schweren Kasten gerade zu halten. Hoffen wir das Beste. Dann rück mal ganz nahe, dass wir wirklich beide auf dem Bild sind. Damit ich nicht am Ende alleine bei deiner Wohngemeinschaft lande. Und du in Woodstock bleibst.« Dabei musste er unwillkürlich lachen. So ernst die Situation gerade war. Auch Luisa war kurz von dieser Vorstellung leicht amüsiert. Gleichzeitig war ihr jedoch angst und bange. Wenn das hier jetzt schief ging, waren sie hoffnungslos verloren. Also kletterte sie zu Fiete auf den Fahrersitz. Er nahm den Apparat, streckte den Arm aus und hielt ihn verkehrt herum, den Finger auf dem Auslöser.

»Bist du bereit?«, fragte Fiete angestrengt. Denn weder ihr enges Beieinandersitzen noch das Halten der schweren Kamera waren besonders bequem. Luisa zitterte. Auch Fietes Arm schwankte leicht und sie hörte ihn tief einatmen.

»Ja«, krächzte Luisa.

»Dann wollen wir mal. Bleib bloß bei mir.«

Luisa wisperte angstvoll. »Ich will mich bemühen.«

Fiete drückte ab. Ein Blitz. Die grüne Wiesenlandschaft vor ihnen verdunkelte sich. Der Wagen rumpelte und schaukelte so schlimm wie nie zuvor. Luisa gab einen halb erstickten Angstschrei von sich. Anschließend wurde ihr schwarz vor Augen.

Ein mächtiger Ruck ging durch den Wagen. Luisa blinzelte. Dicht neben ihr saß immer noch Fiete. Mit Schweißperlen auf der Stirn. Vor ihnen war eine Straße. Mit Häusern. Parkende Autos. Passanten, die vorbeieilten. Fiete und Luisa seufzten gleichzeitig. Ein tiefes, unendlich erleichtertes Seufzen.

»Wir sind wieder da, oder?«

Fiete nickte. »Noch wissen wir zwar nicht genau, welcher Tag und welches Jahr, aber es sieht so schon mal ganz gut aus. Es ist genau der Parkplatz, an dem ich zu Reisebeginn das Taxi abgestellt hatte, um dich abzuholen. Mit dem Unterschied, dass da noch Oma und Frederic im Auto waren.«

»Ja, es scheint zumindest so.«

»Tja, wir sollten es überprüfen. Dann wissen wir mehr.« Fiete öffnete die Fahrertür und stieg aus. Er reichte seine Hand Luisa, der tatsächlich noch schwindelig war und die das dankend annahm. Sie sprang mit Fietes Hilfe aus dem Wagen, schwankte leicht. Fiete schloss das Taxi, dann machten sie sich auf den Weg.

33. Überzeugungsarbeit

Schon wieder zurück?« Wolfi schaute verblüfft von Luisa zu Fiete, musterte verwundert die beiden doch etwas seltsamen Gestalten, die vor der Haustür standen. Diesen langhaarigen, deutlich in die Jahre gekommenen Typen in Holzfällerhemd und Schlaghose. Und Luisa. Sie trug ein paillettenbesetztes Bikinioberteil und Jeans und machte einen durchgefrorenen Eindruck. Angesichts der kühlen Temperaturen draußen durchaus verständlich.

»Schon wieder?« Fiete und Luisa sahen sich fragend an und blickten dann wieder erstaunt zu Wolfi.

»Na ja. Wenn ich mich recht entsinne, bist du erst vor knapp einer Stunde aufgebrochen.«

»Vor knapp einer Stunde?« Auch das sprachen Fiete und Luisa fast gleichzeitig. Dann lachten sie lauthals auf. Was Wolfi noch mehr irritierte. Er schaute Luisa ratlos an. »Ja. Äh. Das denke ich doch. Aber kommt mal rein. Was auch immer der Grund sein mag.«

Sie stiefelten gemeinsam die Treppe hoch. Oben angekommen, fanden sie Charleen, die in der Küche stand und sich irgendetwas in einer großen Pfanne brutzelte, das durchaus köstlich duftete. Nach Käse, gebratenen Zwiebeln und Speck. Auf einem Haufen von Kleidung, die vermutlich für die Wäsche bestimmt war, schlief seelenruhig Kater Chomsky.

»Hi!« Luisa begrüßte etwas verlegen Charleen, die sich in dem Moment umdrehte und sie genauso kritisch und verwundert beäugte, wie es zuvor Wolfi getan hatte. »Interessanter Aufzug. Feierst du schon Karneval? Ein bisschen früh im Jahr, oder?«

»Öh … nee … also … das ist jetzt so auf die Schnelle schwer zu erklären. Wir … also, Fiete und ich haben eine echt anstrengende Reise hinter uns …«

Fiete grinste. Dann erklärte er beherzt: »Luisa möchte sagen, dass wir erst einmal gerne von diesem köstlichen Essen etwas abhaben und danach euch was erzählen wollen.«

Charleen, die eigentlich nicht vorgehabt hatte, ihre frühe, aber dafür sehr gehaltvolle Mittagsmahlzeit mit jemandem zu teilen, hob die Augenbrauen und schaute Fiete verdutzt an. Wollte wohl gerade etwas entgegnen. Doch Fiete kam ihr rasch zuvor, nahm sich zwei tiefe Teller aus dem Küchenschrank und hielt sie Charleen hin. »Käsespätzle liebe ich! Ich danke der holden Dame für dieses herrliche Essen. Und Luisa ganz bestimmt auch. Wir sterben vor Hunger.« Und mit einem Blick zu Wolfi, der leicht verlegen und ratlos hinter ihnen stand. »Ach und für diesen netten Herrn doch bitte auch noch, nicht wahr?«

Charleen blieb der Mund offen stehen. Dann nahm sie reflexartig die Teller entgegen, füllte sie und reichte sie an Fiete und Luisa weiter, wies stumm auf den Besteckkasten und den kleinen Esstisch und holte einen weiteren Teller hervor, den sie dann ebenfalls füllte und an Wolfi gab. Fiete schnappte sich einen der Stühle, setzte sich und begann sofort zu essen, forderte mit vollem Mund dann sowohl Luisa als auch Wolfi dazu auf, es ihm gleichzutun. Charleen betrachtete die fast leere Pfanne, entschied sich, auf diesen kläglichen Rest nun ganz zu verzichten und blieb mit verschränkten Armen vor der kleinen Küchentheke stehen, um den drei unerwarteten Gästen beim Essen zuzuschauen.

Eine Weile hörte man nur das Klappern und Kratzen der Gabeln in den Tellern und das zufriedene Schmatzen von Fiete. Luisa war diese Situation zwar etwas unangenehm, doch auch sie merkte, wie hungrig sie war, war es doch schon lange her, da Oma sie zuletzt mit der Hühnersuppe versorgt hatte.

Wolfi rutschte etwas unruhig auf seinem Stuhl herum und aß kaum etwas. Zu sehr verwirrte ihn das alles. Auch war verständlich, dass er, genauso wie auch Charleen, auf eine Erklärung wartete.

Irgendwann ließ Fiete ein hörbares Rülpsen von sich und lehnte sich in dem für ihn mal wieder viel zu kleinen Küchenstuhl zurück. Als auch Luisa ihre Gabel in ihren mittlerweile leeren Teller legte, wies er auf den einzigen noch freien Stuhl und sagte zu Charleen gewandt: »Meine Liebe, ich danke herzlich für dieses köstliche Mahl. Und bitte setzen Sie sich doch. Ich glaube, es ist Zeit, etwas zu erklären.«

Charleen befolgte Fietes Ratschlag und nahm etwas unschlüssig neben ihnen Platz. Luisa sah ängstlich und aufgeregt zu Fiete. Jetzt kam es darauf an, sowohl Charleen als auch Wolfi zu überzeugen. Und das war gewiss nicht ganz einfach.

»Also«, begann Fiete, »wir brauchen eure Hilfe. Dringend und schnell. Und bieten dafür eine Reise, wie ihr sie so bald nie wieder erleben könnt.«

»Oohh«, meinte nur Wolfi. In diesem Moment spitzte sogar Chomsky die Ohren, als würde er ahnen, dass seine geruhsame Zeit mit Wolfi schon bald ein Ende haben sollte. Und so lauschten sie alle gebannt dem, was Fiete von den letzten Tagen oder Jahren oder Jahrzehnten, wie auch immer man das fassen sollte, zu sagen hatte. Er machte das deutlich zügiger als zuvor noch Frederic in jener Woodstocknacht, bemerkte Luisa. Und sicherlich nicht so wortgewandt. Aber dennoch wirkungsvoll.

Als er bis zu ihren Plänen und Überlegungen bezüglich Frederics Rettung gelangt war, machte er eine kurze Pause. Dann sah er Charleen und Wolfi eindringlich an. »Und genau deswegen solltet ihr zwei Hübschen alsbald euer Köfferchen packen und mit uns kommen.«

Das musste erst einmal alles verarbeitet werden. Als Erstes fand Charleen ihre Worte wieder. »Also, ich muss schon sagen, das ist das Verrückteste, was ich jemals gehört habe.« Wolfi räusperte sich. »Ja, das muss ich auch sagen.«

Luisa war nervös. Selbstverständlich war das alles kaum zu begreifen. Sie überlegte. Wie sollten sie beweisen, dass es nicht frei erfunden oder ein blöder Scherz war? Der Pinsel von Picasso? Wohl kaum. Konnte vielleicht das Woodstockticket überzeugen? Sie zog den kleinen, verknickten Zettelstreifen aus ihrer Jeans und legte ihn auf den Tisch. Interessiert beäugten Charleen und Wolfi dieses winzige Zeugnis des legendären Musikevents. Charleen blieb dennoch skeptisch. »So ein altes Ticket von Woodstock ist ne tolle Sache. Aber das beweist noch nichts. Ich meine, das, was du erzählst, es kann doch nicht sein. Ich studiere zwar Kryptologie. So kryptisch kam mir jedoch noch nie etwas vor.«

Wolfi sah Luisa fragend an. Sie war eigentlich nicht der Typ dafür, einem einen Bären aufzubinden. Doch auch ihm fehlte der Glaube. Fiete ließ sich nicht aus der Ruhe bringen. Er kramte in seiner Hemdtasche, zog ein Heftchen heraus, entfaltete es und legte es dann neben seinen Teller. Das Programmheft aus der Dreigroschenoper! *Für Fiete.* Und mit einer leicht krakeligen, aber durchaus lesbaren Unterschrift. *Bertolt Brecht.*

»Darf ich?« Fiete nickte. Charleen nahm das Programmheft vorsichtig in die Hand und studierte es. »Du heißt Fiete, wenn ich das richtig verstanden habe?«

Luisa und Fiete nickten gleichzeitig. »Hm, und ja, das ist eine zumindest recht überzeugende Unterschrift von Brecht, also, hm …«

Nun gab sich Luisa einen Ruck. Es wurde einfach Zeit. Ihre Sorgen um Frederic lasteten zunehmend auf ihr. »Das ist echt. Glaubt mir. Ich war dabei. Und ich verstehe euch ja. Ich hätte das auch nie geglaubt. Aber es ist wahr. Und die Zeit eilt einfach. Wir wissen nicht, was mit Frederic ist. Vielleicht ist er sogar in Gefahr. Und auch Oma ist noch irgendwo. Wir müssen zurück und sie suchen. Und so wie das aussieht, geht das nur mit euch.«

»Ja, so ist es!«, bekräftigte Fiete. »Außerdem ist es ganz einfach. Wenn wir Blödsinn erzählen, seid ihr schnell wieder zurück. Entweder bewegt sich unser Taxi von der Stelle und befördert uns in die Achtziger Jahre zur Route 66 oder eben nicht.«

»Ja. Stimmt. So ist es. Bitte, glaubt uns!«, flehte Luisa.

Charleen atmete tief ein und dann wieder aus. »Also, ich glaube es ja nicht wirklich. Aber nun gut. Was müssen wir einpacken?«

Fiete strahlte sie an. »Ach, nicht viel. Ein büschen was

zum Essen, was Hübsches zum Anziehen für einen Roadtrip und vielleicht noch dieses Nudelholz«, er zeigte auf die Küchentheke, »falls wir nochmals einem von den Hells Angels begegnen.«

»Okay.« Sie blickte zu Wolfi. »Dann versuchen wir Glücklosen mal unser Glück.«

Der Zeitenwandler

Man könnte ja meinen, ich hätte genug zu tun. Immer wieder gibt es Aufgabenfelder für mich. In allen Jahren, in allen Epochen. Viel mehr hätte ich erreichen können, wenn mir nicht mein Bruder dazwischengefunkt hätte. So ähnlich wir uns auch sehen – er war nie auf meiner Seite, er hat mir stets den Spaß verdorben. Ist mir durch die Zeiten nachgereist und hat versucht, meine Vorhaben zu durchkreuzen. Mit diesen Zeitreisen für Glücklose ist er jedoch zu weit gegangen. Und er weiß, dass ich ihn eines Tages kriege, eines Tages wird es schief gehen. Und er weiß auch, was es bedeutet. Er wird seine Macht verlieren. Er glaubt, dass er mich durch das kleine Glück der Menschen besiegen kann. Dass ich nicht lache! Es wird ihm nicht gelingen. Und ich werde mal wieder ein Pfand behalten. Ein menschliches Pfand, das durch die Zeit fällt. Das Foto – genau dort wird es geschehen. Doch er weiß nicht, wo und wann es sein wird. Ich freue mich schon darauf.

34. On the Road again

Charleen und Wolfi hatten hinten im Taxi Platz genommen. Und daneben Chomsky. Den Wolfi partout nicht allein lassen wollte. Luisa saß neben Fiete auf dem Beifahrersitz, den Kassettenrecorder auf dem Schoß. Und hatte unter der Aufsicht Fietes die Kassette diesmal mit der richtigen Seite eingelegt und auch schon an die Stelle gespult, bei der Route 66 einsetzte. Fiete wiederum hielt die alte Kamera in der Hand. So cool er noch vorher war, auch er machte einen nervösen Eindruck. Seine Hand zitterte leicht.

»Also. Wünschen wir uns allen good luck!« Er sah Luisa in die Augen und wandte sich zu Charleen und Wolfi um. »Seid ihr bereit?« Sowohl Charleen als auch Wolfi nickten. Beiden stand allerdings eine ordentliche Portion Skepsis ins Gesicht geschrieben. Allein Chomsky sah wie immer recht entspannt aus und hatte sich auf dem Rücksitz zu einer Kugel eingerollt, um sein Schläfchen fortzusetzen.

»Drei, zwei, eins …« Luisa startete den Kassettenrecorder. Es setzten schwungvoll rhythmische Gitarrenklänge ein. Fiete nickte zufrieden und drückte den Auslöser. Wackelte der Wagen oder hatten sie es sich nur eingebildet? Jedenfalls, es passierte nichts. Allein Chomsky war aufgewacht und ließ ein Maunzen hören. Charleen kommentierte: »Hm. Nicht so ganz überzeugend.« Wolfi schwieg.

»Es hat auch beim ersten Mal nicht gleich geklappt. Bitte habt Geduld!«, flehte Luisa sie an. Sie überlegte nochmals. Lag es vielleicht daran, dass sie kein Zeitportal hatten? Keinen Eiffelturm, keinen Triumphbogen, keine Siegessäule. Frederic hatte aber gesagt, es könnte auch so klappen. Sie ließ die Musik weiterlaufen, schaute fragend zu Fiete. Der nickte, holte tief Luft und drückte erneut auf den Auslöser der Kamera.

Der Wagen wackelte nun deutlich. Wolfi klammerte sich an der Halterung über seinem Sitz fest, Charleen rief »Oha!« Chomsky sträubte das Fell. Doch dann kam der Wagen wieder zum Stillstand. Sie standen immer noch an Ort und Stelle.

Charleen räusperte sich ungeduldig. »Aber es war ganz kurz davor. Aller guten Dinge sind drei!«, rief Luisa flehentlich. »Mach's noch mal, Fiete!« Dabei erinnerte sie sich daran, dass Oma in Paris das Gleiche gerufen hatte. »Vielleicht braucht's zusätzlich ein bisschen Speed?« Fiete startete den Motor, die Musik lief fröhlich weiter, die Stones sangen und Fiete drückte mit aller Kraft auf den Auslöser. Erst geschah wieder nichts. Charleen wollte abermals zu einem Kommentar ansetzen, doch da wurde es plötzlich dunkel. Ihr »Also« ging in ein langgezogenes

»Oooooh« über, der Wagen übertönte plötzlich mit seinem lauten Rütteln das Geräusch des laufenden Motors. Chomsky ließ ein empörtes Maunzen hören und sprang mit einem Satz auf Wolfis Schoß. Alles dröhnte und wackelte. »*Get your kicks* …« Das Taxi machte einen heftigen Satz. Ein Blitz durchzuckte den Innenraum. Luisa krallte sich am Sitz fest, schloss wie jedes Mal die Augen. » …*on Route 66.*« Der Wagen kam zum Stillstand.

»Wow!« Wolfi war aus seiner Schockstarre aufgewacht. Sie standen auf einem Seitenstreifen. Vor ihnen erstreckte sich ein breiter Highway. Darüber ein azurblauer Himmel. Den Ortsschildern nach waren sie irgendwo in New Mexiko. Also bereits mitten auf der Route 66. Und damit nicht weit entfernt von Fietes Traumziel Arizona, das er schon unzählige Male auf Bildern bewundert hatte.

»Jau! Yes! Juchu!!!« Fiete war außer sich und trommelte auf das Lenkrad. »Wir sind da! Wir sind tatsächlich da! Keine Ahnung, ob auch in den Achtziger Jahren. Aber egal. Es ist großartig!«

Luisas Herz hämmerte. Sie brachte kein Wort heraus, fühlte nur fürs Erste eine riesige Last von sich abfallen. Charleen sagte ebenfalls nichts mehr, starrte lediglich ungläubig aus dem Fenster.

»Da hier augenscheinlich nicht Oma oder Lucile sind, lasst uns mal auf die Road gehen. *Das* muss man jetzt mal einfach. Zwar hatte ich mir nicht unbedingt vorgestellt, hier mit einem Rollstuhltaxi lang zu fahren. Aber so what. Besser als nichts. Leg mal die Kassette mit der Roadtripmusik ein.«

Luisa wühlte im Handschuhfach, zog eine weitere Kassette heraus und wechselte sie. Diesmal wesentlich weniger aufgeregt, konnte die falsche Seite doch nun nicht mehr so folgenreich sein. Mit *The heat is on* startete Fiete den Motor und fuhr los.

»Wir können nun eine Strecke von unglaublichen 3900 km rauf und runter fahren, um Oma und Lucile zu suchen.«

Darüber hatte Luisa überhaupt noch nicht nachgedacht. Um ehrlich zu sein, hatte sie keinen blassen Schimmer gehabt, wie lang die Route 66 wirklich war.

»Oh, mein Gott!«

35. Arizona

Sie fuhren lange. Wie viele Stunden wusste keiner von ihnen so genau. In der ganzen Aufregung hatte niemand auf die Uhr geschaut, geschweige denn sie umgestellt. Wussten sie doch nicht einmal Stunde, Tag oder Jahr. Fietes Kassetten-Soundtrack trug sie die Kilometer voran. Und zeitweise hatte jeder von ihnen den Sinn und Zweck dieses Trips vergessen. Ja, sie genossen diese ungeplante und unerwartete Reise. Auch Charleen und Wolfi entspannten sich. Wolfi kraulte Chomsky hinter den Ohren und Charleen hatte fast so etwas wie einen Hauch von einem Lächeln auf den Lippen, etwas, was Luisa bei ihr bislang fast noch nie gesehen hatte.

Als schließlich die Abendsonne die Straße vergoldete, hielten sie nach einer Übernachtungsmöglichkeit Ausschau. Waren sie doch alle in gleichem Maße erschöpft. Bereits beim Tanken zwischendrin konnten sie feststellen, dass es sie tatsächlich in die Achtziger Jahre verschlagen hatte. Ein Wandkalender dort verriet es. *Zwölfter November 1984*. An der Tankstelle brauchten sie auch das erste Mal Luciles Dollars. Und Fiete kaufte sich dort ein Route-66-Blechschild und sagte zu dem Verkäufer auf Englisch: »Wissen Sie, gerade diese alten Schilder sind besonders cool!« Woraufhin ihn der Mann leicht irritiert anschaute, denn eigentlich war das Schild nagelneu. Deutlicher wurde die Ära der Achtziger bei dem Motel, das sie schließlich kurz vor Arizona, Fietes Traumziel, fanden. Das Pärchen, das aus dem Chevy stieg, schien doch geradewegs aus einem Film dieser Zeit entsprungen zu sein. Sie mit Dauerwelle, pinkfarbener Schulterpolsterjacke, enger Jeans und Pumps, er mit der klassischen Vokuhila-Föhnfrisur, weißem Jackett, gelber Karottenhose und Lackschuhen. Aus dem noch laufenden Autoradio drang *Purple Rain* von Prince.

»Ich fasse es nicht. Die Auferstehung der Achtziger!«, jubelte Fiete.

Sie bezogen ihre Zimmer, Luisa teilte sich eins mit Charleen. Wolfi schweren Herzens mit Fiete, obwohl ihn dieser große Mann etwas einschüchterte. Chomsky schmuggelten sie im Rucksack hinein. Dass er dabei stillhielt, lag vermutlich allein daran, dass der Kater, der bislang noch nie weiter als bis zur nächsten Straßenecke gekommen war, völlig desorientiert war, und auch noch unter Schock stand. Sie waren zudem so klug gewesen, Thunfischdosen mitzunehmen, etwas, was er sonst nur an Festtagen bekam. Auch das hatte ihn zwischendurch ruhiggestellt. Als Nachtlager wählte er wie selbstverständlich Wolfis Bett aus. Vielleicht weil er sich sonst um die Verwöhntage, die ihm eigentlich zu Hause versprochen worden waren, gänzlich betrogen gefühlt hätte.

Charleen fragte Luisa noch eine ganze Weile nach allem Möglichen aus. Sie konnte verständlicherweise diese ganze Zeitreise nicht so recht fassen. Irgendwann wurde jedoch auch Charleen müde und schlief ein. So erschöpft Luisa war, in diesem ersten Moment der Ruhe, strömten die Gedanken und Sorgen mit aller Macht auf sie ein. Frederic! Sie vermisste ihn unendlich und diese Ungewissheit, wo er war und wie es ihm ging, war einfach fürchterlich. Warum nur hatten sie in Altamont nicht länger gewartet und ihn gesucht? Vielleicht war er doch einfach nur von jemandem aus dem Wagen gerissen und abgedrängt worden? Gewiss, das Chaos war groß und das Gelände völlig unübersichtlich gewesen, und dennoch – sie bereute es nun, auf Fiete gehört zu haben. Sein Plan war es gewesen, Oma und Lucile auf der Route 66 zu treffen. Doch hatte sie überhaupt keine Ahnung davon gehabt, dass diese quer durch acht Bundesstaaten führte und so unendlich viele Kilometer lang war. Wie sollte das funktionieren? Und selbst wenn. Konnte Jean Baptiste Lucile ihnen überhaupt helfen? Erst in den frühen Morgenstunden fand Luisa in den Schlaf. Der ihr jedoch einen wirren Traum schenkte.

Frederic saß gefangen in einem düsteren Raum. Er konnte sie nicht sehen und nicht hören. Doch da war dieses Foto, das Oma gefunden hatte. Es wurde lebendig. Die Menge rief etwas. Befreit ihn! Ihr könnt ihn retten! Es gibt nur einen einzigen Weg! Schenkt euer Glück, schenkt eure Liebe! Werft es hoch hinaus! Die Zeiger einer riesigen Uhr bewegten sich und näherten sich der Zwölf. Ganz am Schluss drehte sich der Mann, der regungslos in der Mitte gestanden hatte, um.

Und genau da endete der Traum.

»Luisa, wach auf! Arizona ruft!«

Fiete stand vor ihr. Mit einem solch fröhlichen und erwartungsvollen Blick, den sie mit ihrem düsteren Traum so gar nicht in Einklang bringen konnte.

Sie blinzelte und murmelte daher etwas vor sich hin, musste sich auch erst einmal erneut orientieren. Arizona. Achtziger Jahre. Vorher Woodstock, Altamont, Berlin, Paris. Mein Gott, was für ein Trip!

Fiete betrachtete Luisa, die an diesem Morgen wie ein Häufchen Elend aussah, mitleidig. »Hey, wir werden Frederic wiederfinden! Das verspreche ich dir, okay?«

Luisa rührte Fietes unerschütterlicher Optimismus, aber sie hatte ihre Zweifel und Bedenken.

So saßen sie wenig später im Wagen und fuhren gen Arizona. An einem der vielen Drive Inns, Diners und Burgerrestaurants, die den Straßenrand säumten, hielt Fiete an und organisierte ihnen ein spätes Frühstück, bestehend aus süßen Pancakes, würzigen Tacoshells und einer ganzen Tüte kunterbunter Donuts. Chomsky bekam ein paar Rindfleischstreifen, die der freundliche mexikanische Koch für Fiete extra einpackte. Fiete pfiff und sang, sodass es Luisa gerade deswegen schwer ums Herz wurde. Fietes jahrzehntelanger Traum ging endlich in Erfüllung. Selbstverständlich wäre er die Route 66 lieber mit einer Harley entlang gebraust, aber sie fühlte, wie glücklich er war, endlich hier zu sein. Gewiss wollte er mit seinem Gesang auch seine eher schweigsamen Beifahrer unterhalten und aufheitern. Weder Charleen noch Wolfi wussten nach wie vor so recht, wozu das Ganze hier gut sein sollte. Doch als sich vor ihnen die einzigartige Kulisse der rostroten Felsen von Red Rock County auftat, vergaß selbst Luisa kurz ihren Kummer.

»Ist das schön!« Auch Charleen und Wolfi zeigten sich beeindruckt.

»Ja, es ist der Wahnsinn, nicht wahr? Lasst uns mal anhalten.«

Fiete stieg aus, scharrte mit den Füßen in dem rostroten Staub, nahm einen kleinen Stein vom Boden auf und steckte ihn in die Hosentasche, dann lehnte er sich gegen die Motorhaube, zündete sich eine filterlose Zigarette an und schaute in die Ferne. Auch Charleen und Wolfi kletterten aus dem Wagen, um sich die Beine zu vertreten. Nur Luisa blieb sitzen, nahm Chomsky auf den Schoß und kraulte ihn gedankenverloren, während sie durch die Windschutzscheibe auf die Straße starrte. Eine dieser typischen breiten amerikanischen Limousinen aus den Achtzigern näherte sich ihnen. Verlangsamte die Fahrt. Vermutlich ebenfalls Reisende, die genau hier die Aussicht genießen wollten. Schließlich hielt der Wagen unmittelbar vor ihnen an. Die Tür öffnete sich und ein schlanker Mann mit Cowboyhut stieg aus. Luisa blinzelte. Die Sonne stand genau hinter ihm. Sodass sie nur seine Umrisse erkennen konnte. Irgendetwas an ihm kam ihr bekannt vor. Mit aufrechtem Gang, langsamen, dennoch energischen Schritten kam er auf sie zu.

Sie sah zu Fiete, der immer noch verträumt dastand und in die Ferne starrte. Charleen und Wolfi saßen mit dem Rücken zu ihnen gewandt auf einem kleinen Felsen und unterhielten sich.

Dann stand der Mann genau vor dem Taxi und nahm den Hut ab.

»Ja, ist das denn möglich?« Fiete hatte sich just in dem Moment von seinen Betrachtungen gelöst. Und auch Luisa war plötzlich hellwach, öffnete die Tür und sprang hinaus. »Lucile!«

Doch sogleich erstarb Luisas Lachen, als sie in sein Gesicht sah. Seine dunklen Augen blickten sie ernst und prüfend an.

»Wo ist Oma? Wissen Sie etwas von Frederic?«

Lucile machte eine Handbewegung in Richtung des

parkenden Chryslers und im gleichen Moment lugte da der weißhaarige Dutt von Oma heraus. »Elsa geht es gut. Abgesehen davon, dass sie sich schreckliche Sorgen um Sie gemacht hat.«

Er sah zu Charleen und Wolfi hinüber. »Ich sehe, Sie haben Verstärkung mitgebracht.« Inwieweit nun Charleen, die sich gerade den vielleicht zehnten Donut einverleibte und der schmächtige Wolfi wirklich Verstärkung waren, wusste Luisa nicht so recht. Aber zumindest hatte ihre Reise bis hierhin geklappt und Lucile hatte sie gefunden.

»Frederic. Er ist weg. Können Sie uns helfen, ihn wiederzufinden?«

»Deswegen bin ich hier. Ich weiß, dass er fort ist. Es ist genau das, was ich befürchtet habe, geschehen.«

Luisa erbleichte. »Was ist geschehen?«

»Nun. Es sieht so aus, als würden wir jetzt erfahren, was dieses alte Foto bedeutet. Und es kommt nun auf Sie alle an. Vor allem auf Sie, Luisa. Nur dann kann Frederic gerettet werden. Und die Zeit läuft. So viel ist gewiss.«

Fiete hatte bis jetzt schweigend zugehört. Hatte er noch soeben sein Glück kaum fassen können, endlich die Route 66 zu erleben – er wusste, dass es damit nun vorbei war. Doch so kurz dieser Aufenthalt auch war – er hatte es genossen. Es reichte ihm. Er hatte sich seinen Traum, einmal hier zu sein, erfüllen können. Was jetzt jedoch zählte, war, Frederic zu finden. Diesen so ernsthaften Lehrer und Schriftsteller, der so ganz anders war als er selbst, den er aber in der Zwischenzeit echt liebgewonnen hatte. Der außerdem noch unbedingt seine Vita schreiben sollte.

Er wandte sich an Lucile. »Was genau sollen wir tun?«

Der Zeitenwandler

Was ist nun eigentlich Glück? So viele haben sich schon mit dieser Frage beschäftigt, um dem Wesen des Glücks näher zu kommen. Ich habe es begierig studiert, um eine Ahnung davon zu bekommen. Von dieser Sache, die meiner Natur so fremd ist, die ich selbst nicht empfinden kann und die mich daher irritiert. Nein, mehr als das. Die mich wahnsinnig macht. Denn dieses Glück, es ist nicht von Erfolg, von Geld, von wirklich Sichtbarem und Messbarem abhängig. Man kann es nicht erzwingen oder auf irgendeine Weise erlangen. Es ist da oder es ist nicht da. Die einen beschreiben es als Behagen, Vergnügen, Lust, Zufriedenheit, Freude, Seligkeit oder Heil. Als passiven Zustand, als reines inneres Gefühl oder auch als etwas, was sich in einer Tätigkeit, die einen ausfüllt, einstellt. Es war der Hauptgrund für das Zerwürfnis mit meinem Bruder. Er kann es empfinden, nein, er will es sogar anderen ermöglichen. Genau das aber darf nicht sein!

36. Der Zwillingsbruder

Das Wo und Wann kenne auch ich nicht genau. Was nun von Bedeutung wird, sind die Glücksgegenstände. Aber das allein reicht noch nicht. Es muss eine Gelegenheit sein, bei der Tausende Menschen gleichzeitig glücklich sind und feiern und dies zudem an einem Jahreswechsel, und wenigstens eine Person muss sich Ihren Frederic so sehnlich zurückwünschen, wie es nur geht, dann, ja, dann könnte es klappen.«

Charleen und Wolfi waren mittlerweile dazugekommen. Auch Oma hatte die Autotür geöffnet und hörte von ihrem Sitz aus aufmerksam zu. Sie alle schwiegen zuerst. Was Lucile da sagte, hörte sich alles andere als einfach an. Fiete fragte schließlich: »Woher wissen Sie das?«

Lucile räusperte sich. »Nun, ich weiß es, weil er mein Bruder ist. Mein Zwillingsbruder. Meine schlechtere oder eben sehr schlechte Hälfte, wenn man so will. Die einen kennen ihn unter dem Namen Christofer Lucile, er liebt Wortspiele, die anderen unter dem Namen El Diavolo, Devil, Lucifer … er hat tausend Namen und ist doch immer der Gleiche. Überall, wo er ist, richtet er Unheil an. Zeitreisen, die Suche nach dem Glück oder gar jegliche Veränderungen zum Guten sind ihm ein Dorn im Auge.

Ich sage es Ihnen gleich: Ich kann nur wenig gegen ihn ausrichten. Besiegen kann ihn niemand. Hier und da aber kann man seine Pläne durchkreuzen. Es gibt nur eines, gegen das er nicht ankommt: Wahres Glück und wahre Liebe.«

»Ihr Bruder … wow …« Nicht nur Fiete war mehr oder weniger sprachlos. Er erinnerte sich nun auch an Berlin. Der betrunkene Mann vor dieser Spelunke. Die Ängstlichkeit von Matze. Sie hatten Lucile mit seinem Bruder verwechselt, das verstand er in diesem Moment.

Oma schien mittlerweile eingeweiht zu sein. Sie nickte betreten. »Luisa, mein Schatz, du kannst mir glauben, das wusste ich nicht. Nie wollte ich euch in Gefahr bringen.«

Luisa erinnerte sich an ihren Traum. »Das Foto. Es ist genau dieser Ort. Und der Mann in der Mitte, er ist Ihr Bruder, nicht wahr?«

Jean Baptiste Lucile sah Luisa ernst und besonders aufmerksam an. »Sie haben davon geträumt, nicht wahr?«

Luisa sah ihn verblüfft und auch etwas verunsichert an. »Ja, woher wissen Sie das?«

»Nun, er ist mächtig und er schickt Träume. Allerdings nur an die, die eine besonders nahe Beziehung zu seinen Opfern haben.«

Fiete betrachtete Luisa überrascht. Auch Oma sah sie an. Wissend. Liebevoll. Und besorgt. Charleen und Wolfi – sie verstanden mehr oder weniger nichts. Aber die

Hauptsache war, dass sie mitkämen. Denn dass er selbst oder aber Oma hier helfen könnte, das verneinte Lucile sogleich. »Ich kann nichts bewirken. Und Elsa, nein, das kann ich einfach nicht zulassen. Wie Sie gerade aufgestellt sind – das ist gut so. Und nun … die Zeit rennt. Sie sollten sofort starten.«

»Ja. Aber wie?«

»Sie setzen sich ins Taxi, halten alle Glücksgegenstände bereit, die Sie gesammelt haben und auch das Foto. Und die Kamera natürlich. Das müsste reichen. Wo und wann Sie landen, kann ich leider nicht sagen.«

»Aber wie erkennen wir, dass wir richtig sind? Und was machen wir, wenn etwas nicht klappt?«

Lucile wies auf das Bild. »Sie werden es erkennen. Wenn etwas nicht klappt, das darf einfach nicht sein …«

Oma umarmte sie alle der Reihe nach. Besonders Luisa hielt sie ganz lange fest und küsste sie auf die Stirn. Elsa sah schwer bekümmert aus. Aber sie schien zu begreifen, dass sie nun nicht mehr viel ausrichten konnte. Sie waren ab jetzt ganz allein auf sich gestellt. Luisa standen die Tränen in den Augen. »Oma, werde ich dich wiedersehen?«

Elsa zögerte kurz. Dann sagte sie: »Aber gewiss doch, Kindchen. Du weißt doch. Ich bin unverwüstlich.«

Lucile bedeutete ihnen nochmals, dass es an der Zeit war. Also setzten sie sich alle wieder ins Auto. Zu

Chomsky, der noch weniger als Charleen und Wolfi verstand, was hier abging, aber glücklicherweise gerade seine Siesta hielt und demzufolge eh nicht gefragt werden konnte.

Sie nahmen Picassos Pinsel, das von Brecht signierte Programmheft, das Woodstockticket und Fiete legte den kleinen roten Arizonastein und sein Route-66-Schild obendrauf. Lucile reichte ihm das Foto, das sie die Tage zuvor nun schon so oft betrachtet und diskutiert hatten und das nun seine Bedeutung finden sollte. Dann nahm Fiete die Kamera in die Hand. Lucile und Oma sahen ihnen dabei ernst zu.

»Seid ihr bereit?«

»Also, ich sag mal so. Je schneller wir wieder sicher zu Hause sind, umso besser«, stellte Charleen energisch klar. Wolfi nickte. Sah aber noch blasser aus als sonst. Luisa konnte vor Herzklopfen kaum etwas sagen, krächzte dann aber: »Ja.«

»Na, dann wollen wir mal. Wohin es uns auch immer verschlägt. Hoffen wir auf unser Glück und auf ein Wiedersehen mit Frederic.« Fiete drückte den Auslöser.

Wie nun bereits zahlreiche Mal davor, zitterte der Wagen, der wunderbare blaue Himmel von Arizona färbte sich schwarz, diese Szene vor ihnen, Oma im Chrysler und der Zeitreisende Jean Baptiste Lucile daneben, wurde immer blasser und löste sich schließlich ganz auf. Es krachte und Funken blitzten durch den Innenraum des Wagens. Chomsky wachte auf und maunzte empört. Alles vibrierte und rüttelte. Und selbst als der Wagen allmählich zur Ruhe kam, hörte der Lärm nicht auf. Es war dunkel und eiskalt. Über ihnen pfiffen Feuerwerkskörper, neben ihnen strömten zahllose Menschen, in dicken Jacken eingehüllt, zu dem großen überfüllten Platz, der vor ihnen lag. Nicht wenige trugen Sektflaschen unter dem Arm.

»Also eins ist klar, es ist Silvester, und das nicht unbedingt in besonders südlichen Gefilden«, stellte Fiete fest.

»Ja, sieht ganz so aus.« Luisa fröstelte. Sie fischte im Fußraum nach ihrer Winterjacke, die sie seit Paris nicht mehr gebraucht, aber als weiches Lager für Chomsky wieder hervorgeholt hatte.

»Wir müssen wohl aussteigen, die Straße ist gesperrt.« Auch Charleen hatte sich aus ihrer Schockstarre gelöst, ihre Jacke angezogen und versuchte das Ganze praktisch anzugehen.

»Was sollen wir mit Chomsky machen? Er hasst doch Silvester.« Wolfi betrachtete sorgenvoll den Kater, der nicht begeistert war von der neuen Umgebung, und sich zu Wolfi geflüchtet hatte. »Hilft nichts. Nimm du ihn auf den Arm. Das wird vermutlich das Beruhigendste sein.« Luisa wollte keine Zeit mehr verlieren. Was auch immer zu tun war, sie mussten es jetzt angehen.

Der Zeitenwandler

Nein, der Mauerfall war so gar nicht meins. Zu viel Freude, zu viel Wiedervereinigung. Was mich reizt, ist die Trennung, Teilung, das Zerwürfnis. Die Scheidung zweier Länder. Denn auch das kann man feiern. Es erschien mir die geeignete Kulisse zu sein. Hach, was hatte ich einen Spaß! Er kam einfach nicht darauf. Dabei hätte es ihm einfallen müssen. Wenngleich es schon ewig her ist. Aber ausgerechnet diese Stadt hatte unsere völlig unterschiedlichen Neigungen immer wieder aufs Neue herausgefordert. Nicht, dass es nicht weitaus Bedeutenderes gegeben hätte – aber wie es auch bei Kindern oftmals ist – den Streit lösen die ganz kleinen Dinge aus. Waren es nun gleich drei Fensterstürze, die in drei unterschiedlichen Jahrhunderten erfolgten, an denen ich meinen Heidenspaß hatte, die aber Jean Baptiste vergeblich zu vermeiden suchte. Oder aber jene Frühlingsmonate, in denen die Menschen auf die Straße gingen, um für mehr Freiheit zu protestieren. Während Jean Baptiste begeistert von dieser Idee war, hatte ich meine besondere Freude daran, diese Bemühungen sofort im Keim zu ersticken. Jean Baptiste hingegen war entsetzt und enttäuscht. Und so gehen wir seither getrennte Wege. Er jedoch ist unermüdlich darin, den Menschen glückliche Momente zu schenken, sie sogar durch die Zeit reisen zu lassen. Was für ein Unsinn! Und nun werden wir sehen, ob seine Schützlinge es schaffen, den glücklosen Schreiberling zu retten, den er wider besseres Wissen auf die Reise durch die Zeit geschickt hat. Der das alles auch noch niederschreiben und veröf-

fentlichen wollte. Etwas, was nun so gar nicht in meinem Sinne und daher unbedingt zu vermeiden ist. Überhaupt, was für eine lächerliche Versammlung! Jean Baptiste ist auf seine alten Tage wahrhaftig ein Narr geworden. Ich freue mich ganz teuflisch darauf und bin mir gewiss, dass sie kläglich scheitern werden … Zwölf Uhr Mitternacht, und er wird mein sein.

37. Silvesterparty

Im Dunkeln konnten sie mehrere altehrwürdige, zum Teil rußgeschwärzte Gebäude erkennen, die den großen Platz umsäumten. An der Spitze unverkennbar ein großes Rathaus mit Turm und davor ein hohes Denkmal mit einer Reiterstatue und vier überlebensgroßen Heiligenfiguren, wie man sie aus Kirchen kannte. Luisa wusste nicht, wo sie waren. Bestimmt hätte da Frederic weiterhelfen können. Umso erstaunter war sie jedoch, als Fiete sagte: »Ich kenne das hier. Wenn ich mich nicht irre, sind wir in Prag. Der heilige Wenzel. Kam durch eine Intrige seines Bruders zu Tode.«

»Eine Intrige des Bruders. Wie passend.« Luisa musste sofort an Luciles Bruder denken und sie durchfuhr ein kalter Schauer. War er schon irgendwo hier? Lauerte er bereits auf sie? Wie könnten sie ihn finden und wie konnten sie vor allem Frederic zurückholen? Aber je weiter sie auf den belebten Platz vordrangen, desto mehr erkannte sie: Ja, das hier war genau der Ort auf dem Foto!

Auch Fiete erkannte das. »Wir sind hier richtig! Allein das Jahr wissen wir noch nicht. Aber …« Er blickte sich um und musterte die Menschen, ihre Kleidung und auch die alten, erkennbar noch nicht sanierten Gebäude – es muss irgendetwas Ende der Achtziger oder so sein.«

Luisa hätte auf eine frühere Zeit getippt. Sah doch alles so antiquiert aus, aber Fiete wusste da ganz sicher besser Bescheid. Und kurz darauf erhielt sie auch schon die Antwort: »Vítejte Nový rok 1993!« Und »Bessevítejte Ceská republika! Welcome czechia« stand da auf einem Banner. »Ahh … jetzt weiß ich es. Der Jahreswechsel 1992/1993. Sie feiern heute die Trennung von der Slowakei und Tschechien. Und damit das Ende der Tschechoslowakei. Im Grunde nur bedingt ein Grund zu feiern«, merkte Fiete an.

Und auch die Uhrzeit brauchten sie nicht nachzufragen. An einem der alten Gebäude war eine riesige astronomische Uhr. Und sofern sie denn richtig ging, war es halb zwölf, was durchaus der fortgeschrittenen Feststimmung der versammelten Menschen auf dem Platz entsprach. Die wenigsten schien die Eiseskälte zu stören. Wärmende alkoholische Getränke spielten da keine unwesentliche Rolle. Unmittelbar vor Luisa schenkte ein Mann Schnaps oder ähnliches in kleinen Gläschen aus. Eine klare Flüssigkeit jedenfalls, die hochprozentig sein musste, wie man an den roten Gesichtern und der mehr als ausgelassenen Stimmung erkennen konnte.

Mittlerweile waren sie sehr nah an das Wenzel-Denkmal gelangt. Ganz unvermittelt und ohne ihr Zutun, denn die Masse drängte sie dorthin. Nicht wenige hatten das Denkmal erklommen. Vielleicht, um besser sehen zu können. Vielleicht aber auch den gefährlichen Geschossen zu entgehen, die mit jedem Näherrücken des Zeigers zur Zwölf vermehrt quer über den Platz flogen. Und zu Luisas Entsetzen waren das längst nicht nur Feuerwerkskörper, sondern sogar Gläser, ganze Sektflaschen und Korken. Auch Fiete sah sich besorgt um. »Lass uns auch auf das Denkmal steigen. Es scheint mir der sicherste Ort hier zu sein. Außerdem können wir den Platz besser überblicken. Irgendwo hier muss Christofer Lucile sein. Davon bin ich überzeugt.«

Also kletterten sie auf das vereiste und damit spiegelglatte Denkmal, was keineswegs ein leichtes Unterfangen war. Wolfi samt Chomsky, den er in seiner Jacke trug, nur die Ohren schauten noch hervor. Und bereits das war für einen wärmeliebenden Kater bei geschätzten zweistelligen Minusgraden zu viel. Oben angekommen, hatten sie aber in der Tat eine wesentlich bessere Sicht. Sie alle begannen den Platz mit den Augen abzusuchen. Nach einem Mann, der Lucile zum Verwechseln ähnlich war. Aber bei so vielen Menschen – auch von hier oben unmöglich, stellte Luisa ängstlich fest.

Es schien ihr, als würden sich die Zeiger an der großen Uhr schneller bewegen, als sie es eigentlich sollten. Zehn vor. Fünf vor. Drei Minuten vor zwölf! Keiner hatte es gesagt. Auch Jean Baptiste Lucile nicht. Aber Luisa hatte den schrecklichen Verdacht, dass ihre Chance, Frederic zu retten, um zwölf Uhr vorbei wäre. Angstvoll sahen Fiete und sie sich an. Auch in seinen Augen standen große Sorge und Ratlosigkeit. Luisa überlegte fieberhaft. Was sollten sie bloß tun? Da erinnerte sie sich an ihren Traum. Die Uhr. Und die rufende Menge. *Befreit ihn! Ihr könnt ihn retten! Es gibt nur einen einzigen Weg! Schenkt euer Glück, schenkt eure Liebe! Werft es hoch hinaus!*

»Die Glücksgegenstände! Wir brauchen sie. Und zwar jetzt sofort. Alles, was wir haben!«

Fiete begriff, fasste in die Innentaschen seiner Lederjacke. Und beförderte nacheinander einen Pinsel, ein Programmheft, ein kleines Ticket, ein Route-66-Emblem und einen kleinen rötlichen Stein hervor. Den er ganz kurz streichelte. Hatte er damit etwas verändert? Ja, wenn auch nur für sich selbst. Er hatte seinen langjährigen Traum erleben dürfen.

Ein Mann, der dicht neben ihnen stand, schaute ihm dabei interessiert und etwas verwundert zu. Die Menge begann auf Tschechisch den Countdown herunterzuzählen. Zehn, neun, acht, … und da, inmitten der rufenden und johlenden Menschen, zwischen gezündeten Feuerwerkskörpern und knallenden Sektflaschen, tat sich eine Lücke auf.

Ein Mann mit Hut und Mantel, der regungslos da stand und zu ihnen hinüber starrte. Das Ebenbild seines Bruders. Selbst auf die Ferne konnte Luisa sein teuflisches Grinsen erkennen. Glück allein reicht nicht. Sie dachte an Paris, Berlin, Woodstock, an die Peanuts, an ihre kuriosen Geschichten, ihre Gedanken, Frederics Lachen … fünf, vier, drei … »Jetzt! Du musst sie hoch über die Menge werfen. Wirf sie weg. Ganz weit!«

Und genau das tat Fiete. Und so schossen ein Pinsel, ein Programmheft, ein Ticket, ein Route-66-Schild und ein kleiner rötlicher Stein aus Arizona zusammen mit Feuerwerkskörpern und Sektflaschen und »*Es lebe die Tschechische Republik*«-Rufen über den Wenzelsplatz. Fiete traf gleichzeitig die Erkenntnis: Die besten Dinge im Leben sind keine Gegenstände, sondern Momente, die du für immer in deinem Herzen trägst. Egal, wie kurz sie auch gewesen sind.

Und während sich ein warmes Gefühl des Glücks in ihm ausbreitete und ein Lächeln auf sein Gesicht zauberte, erstarb ihm gegenüber gleichzeitig das Grinsen dieses Christofer Luciles. Wurde eine freudlose Fratze. Er wurde zu dem, was er war. Der Teufel, der Glücksräuber, der sich jedoch plötzlich aufzulösen schien, bis dort inmitten der Menge Punkt Zwölf ein Mann mit Dreitagebart stand. Etwas irritiert ob des Tumults um ihn herum.

»Frederic!« Luisa schrie seinen Namen und fast stürzte sie von dem Denkmal, so dringend wollte sie zu ihm laufen. Fiete konnte sie in letzter Sekunde festhalten und hob sie dann sanft hinunter. Dann eilte sie zu Frederic.

Der Rest war ein Stakkato diffuser Geschehnisse. Keiner von ihnen wusste hinterher mehr so recht, wie sie zurück in das Taxi gelangt waren. Gewiss hatte ein mehr als ungehaltener Chomsky das Ganze beschleunigt.

Als sie dann im Auto saßen, die Standheizung anwarfen, blickte das Tier von einem zum anderen, als würde es sagen wollen: Zeitreisen? Bitte nicht mit mir! Fiete grinste. »Wir sind zu fünft. Mit Chomsky sogar zu sechst. Aber soweit ich mich erinnere, gibt es keine Rückfahrtsbeschränkungen. Oder möchte einer von euch im Jahr 1993 bleiben?« Sie schüttelten alle den Kopf. Fiete grinste. »Ich auch nicht.«

Dann nahm er die Kamera und machte ein Selfie von ihnen allen mit Katze.

38. Neujahr

Ein aufgeregtes Maunzen weckte sie. Luisa gähnte, warf die Bettdecke zurück, angelte mit geschlossenen Augen nach ihren Hausschuhen und trat im nächsten Moment in etwas Warmes, Weiches, Pelziges. Sie zuckte zurück und stieß sich den Kopf an der Bettkante. In ihrem Pantoffel steckte Kater Chomskys Neujahrsgeschenk: ein toter Siebenschläfer. Neun Uhr. Der Radiowecker gab ein leises Klickgeräusch von sich und spielte dann *These Boots*.

Nachdem an diesem ersten Januarmorgen das arme, aus dem Winterschlaf gerissene Nagetier würdig in einem Katzenfutterkarton hinter dem Haus vergraben war, gab Luisa dem stolzen Chomsky die verdiente Belohnung für die morgendliche Überraschung. Danach legte sie sich erschöpft wieder ins Bett. Denn sie hatte in der Silvesternacht kaum ein Auge zugetan. Und in der Folge sehr unruhig und verwirrend geträumt. Beinahe wäre sie wieder eingeschlafen. Hätte Luisa nicht plötzlich eine warme Hand auf ihrem Arm gespürt. Verwirrt drehte sie sich um.

Frederic!

»Frohes neues Jahr, Frau Woodstock!«

Fast hätten sie es überhört, doch kurze Zeit später klopfte es an der Tür. Vermutlich zum wiederholten Mal. Seufzend erhob Luisa sich wieder, warf Frederic einen bedauernden Blick zu, stand dann aber auf und öffnete die Tür. »Telefon für dich!« Charleen drückte ihr den Apparat in die Hand.

»Oma ist abgehauen!« Die Stimme ihrer Schwester dröhnte durch den Hörer.

Luisa sah zu Frederic. Er grinste. Und auch Luisa musste lachen. »Ich weiß!«, antwortete sie ihrer Schwester und legte dann wieder auf.

»Ich habe gerade nochmals über den Plot nachgedacht. Sie wird bei ihm bleiben, denke ich. Sie wird mit Lucile durch die Zeit reisen«, sagte Frederic. Luisa nickte. Mit einem etwas wehmütigen Lächeln. Dann sah sie Frederic an. »Wir hatten so sehr unsere Zweifel, was Jean anbelangt und uns dann doch völlig geirrt. Aber wer oder was ist er wirklich?«

»Ich weiß es nicht. Er ist auf jeden Fall der Gegenspieler seines Bruders«, antwortete Frederic nachdenklich.

»Christofer Lucile. Er wurde nicht besiegt, oder? Aber ihm wurde ein bisschen das Spiel verdorben?«

Frederic nickte. »Ja, so soll es sein. Wenigstens das. Finde ich einfach besser.«

»Fiete wäre auch gerne dortgeblieben, nicht wahr?«,

grübelte Luisa weiter. »Zumindest in den Achtzigern.«

Frederic schien zu überlegen. »Ja, aber ich glaube, sein Platz ist hier. Und immerhin war er auf der Route 66 und in Arizona. Sein großer Traum. Es ist eine Sache, eine Reise zu machen …«

» … eine andere aber, für immer dort zu bleiben«, ergänzte Luisa. »Das sehe ich genauso, Herr Klopstock! Und jetzt an die Arbeit, ich will diese Geschichte lesen!«

Nachwort

Liebe Leser:innen,

wer bis hierhin gelesen hat, hat eine ganze Menge erlebt. Zumindest zusammen mit meinen vier Hauptprotagonisten verschiedene Jahrzehnte und bestimmte Ereignisse im Zeitraffer und im Rollstuhltaxi durchflogen. Absurd? Verrückt? Nicht wirklich ernst zu nehmen? Ja, genau, das war der Plan. Gerade in Zeiten, da einen durchaus ernste Probleme weltweit beschäftigen, wollte ich dem etwas anderes entgegensetzen. Auch und gerade aber aufzeigen, dass selbst so verklärte Geschichtsepochen wie die Belle Époque, die Goldenen Zwanziger oder das legendäre Love-and-Peace-Festival zwar ihren Charme haben, aber auch letztendlich nur kleine Inseln des Glücks in Zeiten darstellen, die ebenfalls nie nur einfach waren. Davon abgesehen sollte alles aber, wie Elsa bei ihrem Besuch Picassos sagt, ein Spaß sein, ein Loslassen, ein Sich-Widersetzen und Überwinden von Zeit und Raum. Warum ich gerade diese Zeitabschnitte ausgewählt habe? Weil es alles Phasen sind, in die ich durchaus selbst gerne mal reingeschaut hätte, in der Gewissheit jedoch, dort nicht für immer verweilen zu müssen. Weiterreisen oder zurückkehren zu können, wenn einem danach ist. Und dennoch vielleicht das ein oder andere zu lernen, was einem im normalen Leben weiterhilft oder dieses wieder mit mehr Leichtigkeit zu füllen. Dass also fast alle wieder in die Gegenwart zurückkehren, war von Anfang an der Plan. Und ansonsten – es bleibt jedem selbst überlassen, was nun Fiktion in der Fiktion oder vielleicht wirklich so geschehen ist. Wer jedoch seine Zweifel bezüglich der Silvesterfeier in Prag 1992/93 hat, die durfte ich selbst vom Wenzel-Denkmal aus erleben … :-)

Ich möchte an erster Stelle wieder meiner Familie für ihr Verständnis und die Geduld danken, zumal das Schreiben doch immer wieder einen beträchtlichen Raum im Alltag einnimmt. Auch für den besonderen Zuspruch und die Aufmunterung, die es bei diesem Projekt mehr als bei anderen brauchte. Denn es fiel mir gerade am Ende nicht leicht, den heiteren Grundtenor beizubehalten. Wenn die wohl zeitlebens wichtigste Person aus dem Leben scheidet, die in meinem Fall sogar ideenstiftend für das Rollstuhltaxi in der Geschichte war, bedeutet dies wohl immer eine Zäsur, die es erst einmal zu überwinden gilt. Ich sehe diesen Exkurs in das Fantastische daher gleichzeitig als eine Art kleine Hommage. Im Weiteren möchte ich mich wieder bei meinen beiden treuen Testleserinnen Bettina und Petra bedanken, die mir bei meinem Schreibexperiment abseits der vertrauten

Pfade von A. S. Tory mit kritischem Blick und Ratschlägen geholfen haben. Ebenfalls gilt mein Dank wieder meiner Lektorin Silvia Hildebrandt, deren besonderes Sprachgefühl ich nicht missen wollte. Und natürlich auch Stefan Hilden, der zusammen mit Veronika Wunderer meines Erachtens wieder ein fantastisches Cover gezaubert hat. Last but not least möchte ich mich bei allen bedanken, die mich zwischendrin immer wieder auf unterschiedliche Weise bestärken, unterstützen und an mich glauben!

S. Sagenroth, im Januar 2023

Hat dir das Buch gefallen?

Rezensionen sind für alle Autor:innen sehr wichtig. Sie sind der Beifall, den man sonst nicht bekommt, denn es ist doch die meiste Zeit eine eher stille und einsame Tätigkeit. Insbesondere im Selfpublishing sind wir darauf angewiesen, um überhaupt gesehen zu werden. Wenn dir das Buch also gefallen hat, würde ich mich sehr freuen, wenn du dir kurz Zeit nimmst und das Buch bewertest und vielleicht auch ein paar Zeilen dazu schreibst. Das hilft mir und auch allen Leser:innen bei der Auswahl.

Wo kann man rezensieren? Eigentlich überall, wo es Bücher gibt und wo über Bücher gesprochen wird. Zum Beispiel bei Amazon, Lovelybooks, Goodreads, Thalia, Hugendubel, Weltbild und noch an vielen anderen Stellen.

Über die Autorin

Es ist nie zu spät! Das hat sich S. Sagenroth 2018 gesagt und das Manuskript zu »A. S. TORY – Roadmovie um die Suche nach einer alten Single« veröffentlicht. Mittlerweile sind drei weitere Bände der Serie und ein Hörbuch erschienen. »Monsieur Lucile und die Suche nach dem Glück« ist ein neues, von A. S. TORY unabhängiges Projekt, mit dem auch ein Genrewechsel erfolgt ist. Vom Jugendbuch zur skurrilen Zeitreise für Erwachsene.

Als Pseudonym hat »Frau Sagenroth« sich ganz frech den Namen ihres Hauptprotagonisten und Ich-Erzählers aus A. S. Tory geschnappt und sich aber so sehr daran gewöhnt, dass es ihr Autorenname geblieben ist. Geschrieben wird oftmals zu Musik und nicht selten haben daher auch ihre Protagonist:innen ein Faible dafür.

Im »richtigen« Leben hat sie Jura, Germanistik und evangelische Religion studiert, arbeitet als Grundschullehrerin und lebt mit ihrem Mann, zwei Söhnen und Katze Cleo im Rheinland.

Mehr noch erfährt man unter

www.sagenroth.de

Dort gibt es auch die Möglichkeit, sich für einen Newsletter anzumelden und damit keine aktuellen Nachrichten zu verpassen.

Weitere Bücher von

S. Sagenroth

Die A. S. Tory Serie

Bei A. S. Tory handelt es sich um Bücher für die ganze Familie, für alle von 12 bis 99. Heiter, humorvoll, ernst, aktuell und Zeitreise zugleich. Roadtrips, mit denen man dem Alltag entfliehen kann und die dennoch stets einen Bezug zur Realität haben. Eine Besonderheit ist: Es ist eine fortlaufende Serie und dennoch sind die Bücher einzeln und auch in beliebiger Reihenfolge lesbar, da es immer in sich abgeschlossene Geschichten sind.

Band Eins:
A. S. Tory – Roadmovie um die Suche nach einer alten Single

Eine Reise ins Ungewisse,
eine Vinylsingle aus den siebziger Jahren
und eine tragische Familiengeschichte.

Der fünfzehnjährige Sid öffnet zu Beginn seiner Herbstferien eine E-Mail mit unbekanntem Absender. Ohne zu ahnen, was auf ihn zukommt, lässt er sich auf die Einladung des geheimnisvollen Mr. Tory ein. Von London führt es ihn quer durch Europa bis nach Marokko. Gemeinsam mit dem Mädchen Chiara begibt er sich auf die Suche nach einer vergriffenen Schallplatte und drei Brüdern. Was mit Neugier und Abenteuerlust beginnt, nimmt jedoch nach und nach eine gefährliche Wendung.

Ein spannender Roadtrip, nicht nur für Jugendliche.

Seitenzahl: 276 S.
Erscheinungsdatum der Neuauflage: 30.03.2020

Kurze Leseprobe:
Sonntag, 22.10.2017. Der abgestandene Geruch eines lange nicht mehr gelüfteten Raums. Kopfschmerzen. Schwacher Lichtschein blinzelt zwischen den Gardinen hindurch und beleuchtet abwechselnd das Chaos auf dem Fußboden: schmutzige Sockenknäuel, verdreckte Turnschuhe und ein undefinierbarer Haufen fleckiger Kleidung. Eine seltsame Maske und ein altes in Leder gebundenes Buch ragen aus einem Rucksack. Daneben liegen ein zerrissenes Zugticket und ein großer Tierzahn. Auf dem Plattenspieler rotiert David Bowies Heroes …
Ich hebe meine Hand und halte sie in den Lichtstreifen. Erschrocken ziehe ich sie zurück. Breite Kratzspuren laufen über meinen Arm, meine Fingernägel sind eingerissen und schwarz. Ich taste nach meinem Gesicht, meine Lippen sind aufgeplatzt, schmecken Blut. Verwirrt falle ich auf das Kopfkissen zurück und erinnere mich …

Band Zwei:
A.S. Tory und die verlorene Geschichte

Eine E-Mail mit einer Adresse in Venedig, einem Foto aus den Dreißigerjahren und einer Gratulationsanzeige.

Mehr Informationen haben Sid und Chiara nicht, als sie beschließen, die Vergangenheit eines mysteriösen Engländers zu enträtseln. Bei ihrer Suche landen die beiden im alten Ghetto Venedigs, im Wiener Untergrund und in Berlin-Kreuzberg. Nach und nach erforschen sie eine Biografie, die von einer ersten Jugendliebe, allerbesten Freunden, grenzenlosem Hass und Tragik erzählt. Unmerklich verwebt sich die Geschichte mit der Gegenwart und ihnen selbst. Gelingt es, das Puzzle vollständig zusammenzusetzen?

Eine spannende Reise durch die Zeit, nicht nur für Jugendliche.

Seitenanzahl: 276 S.
Erscheinungsdatum: 16.09.2019

Kurze Leseprobe:
Berlin, November 1938. Der Kellerraum war von Dunkelheit und Eiseskälte erfüllt. Ein modriger Geruch lag in der Luft. Boden und Wände waren rußig und feucht, an den Seiten die Umrisse einiger stählerner Regale mit Kisten und Blechdosen. Der Junge öffnete die Augen. Die Sprungfedern der schäbigen Matratze stachen ihm in die Rippen. Vorsichtig richtete er sich auf. Er fror, Schwindel erfasste ihn und Hunger breitete sich als Schmerz in seinem Magen aus. Mit der Zunge fuhr er sich über die aufgesprungenen Lippen. Vor ihm lag eine zerbrochene Schale mit einem letzten harten Brotkanten. Die Kanne war umgekippt. Nur noch ein feuchter Fleck auf dem staubigen Steinboden. Sein schmächtiger Körper tat weh, Arme und Beine fühlten sich taub an. Angst. Mit aller Gewalt kehrte sie zurück. In der Ecke zeichnete sich ein dunkler Haufen ab. Eine Kinderuniform. Ihn ergriff ein Schaudern. Was hatte er getan? Er musste fort. So schnell wie möglich …

Band Drei:
A.S. Tory und der letzte Sommer am Meer

Ein Sommer am Meer
und das Gefühl von Freiheit.
Eine Fahndung und eine Flucht.

Ganz Europa leidet unter der Hitzewelle. Der siebzehnjährige Sid und seine Freundin Chiara erhalten überraschend eine E-Mail. Absender: Mr. Tory. Die beiden freuen sich über die Einladung nach England. Doch schon bald geraten sie mitten in die Suche nach zwei vermissten Mädchen und einem illegalen Flüchtling. Der Strandurlaub wird zu einem aufregenden und turbulenten Roadtrip von East-Sussex bis nach Cornwall.

Eine anfangs unbeschwerte Reise, in die sich nach und nach Verdacht und Zweifel mischen. Und immer wieder stellt sich die Frage nach den Grenzen persönlicher Freiheit.

Seitenanzahl: 272 S.
Erscheinungsdatum: 17.08.2020

Kurze Leseprobe:
Das Meer erfasste sie – eiskalt, schnell, erbarmungslos – riss sie fort, zog sie hinunter. Sie suchte Halt, spürte den Sand, stieß sich ab, um an Land zu schwimmen. Eine weitere Welle, die nach ihr griff, mit Gewalt über ihr zusammenschlug. Sie setzte an zu schreien. Doch ihr Rufen wurde vom Tosen des Wassers erstickt, verschluckt von der nächsten Woge, die sie mit Wucht traf und noch tiefer hinabzerrte. Grüne und weiße Strudel, grausam und faszinierend zugleich. Tausende Wasserblasen, die wild herumwirbelten. Mit aller Kraft versuchte sie sich dem reißenden Nass zu entziehen und sich vom brennenden Salzwasser aus ihren Lungen zu befreien. Sekunden der Hoffnung, die aufblitzten, doch mit der nächsten Welle weggespült wurden. Es gab noch so viel – ich muss – das darf nicht sein – keine Luft mehr – den ungläubigen Blick nach oben gerichtet – ich kann – nicht mehr – atmen – alles – dunkel – schwarz. Vorbei.

Band Vier:
A.S. Tory und das Spiel mit der Zeit

Eine verlassene Villa.
Eine alte Kassettenaufnahme.
Eine Reise von den goldenen Zwanzigern bis in die Gegenwart.

Sommer 2020. Mitten in der Pandemie.
Sid leidet wie alle an der beklemmenden Tristesse dieser Zeit. Umso dankbarer ist er, als Mr. Tory wieder eine ungewöhnliche Idee hat: eine Zeitreise in einer Villa aus der Jahrhundertwende. Zusammen mit seiner Freundin Chiara fährt Sid nach Frankfurt am Main und taucht dort in die Geschichte des alten Gebäudes und seiner ehemaligen Bewohner ein. Dabei stoßen die beiden auf mysteriöse Rätsel und Familiengeheimnisse: Was ist damals mit dem Großvater und dem Sohn der Familie geschehen? Sid und Chiara lassen diese Fragen nicht mehr los und so beginnt eine turbulente Fahrt quer durch den Osten Deutschlands bis ins Elbsandsteingebirge.

Ein Zeitroadtrip, der zu einem romantischen, spannenden, aber auch gefährlichen Spiel mit der Zeit wird.

Seitenzahl: 265 S.
Erscheinungsdatum: 15.08.2021

Kurze Leseprobe:

Seine Schritte hallten in dem leeren Innenhof wider. Die alte Fabrik. So oft war er in den letzten zwei Jahren hier gewesen. Vor der Tür blieb er stehen. Quietschend ließ sie sich öffnen. Langsam trat er ein. Staub tanzte in der Luft und nur wenig Licht drang durch die milchigen Fensterscheiben.

Hinten in der Ecke stand immer noch das alte Sofa. Mit Robert hatte er es damals hierhin geschleift. Vom Sperrmüll gerettet. Eine alte verfilzte Decke lag auf dem Boden. Daneben ein paar leere Bierdosen. Er blieb stehen, ließ seinen Blick durch den Raum gleiten. Sie hatten unzählige Male hier gefeiert. Benommen, glückselig, überdreht, hatten laut Musik gehört, lebenshungrig, übermütig. Aber das war gestern. Aus und vorbei. Er ließ seinen Rucksack fallen und hockte sich daneben, starrte auf den dreckigen Boden. Er fühlte sich so unendlich müde und es war Zeit. Es war einfach an der Zeit. Das Spiel war zu Ende. Mit zitternden Händen nestelte er an dem Verschluss und nahm alles hervor, was er brauchte.

Wärme durchströmte ihn. Langsam glitt er hinweg. Die Zeit raste durch seine Adern und mit ihr alle Erinnerungen.

Er tanzte im Regen und Licht, flog durch das All, fühlte Angst, Liebe, Entsetzen, Glück, Verzweiflung und den Wunsch, für immer zu vergessen.